- 安徽师范大学特优强专业
  ——生物科学建设基金资助项目
- 安徽师范大学教材建设基金资助项目

ZHIWU SHENGLIXUE SHIYAN

植物生理学实验

主　编　肖家欣（安徽师范大学）
副主编　刘志文（大连工业大学）
　　　　罗　充（贵州师范大学）
　　　　张晓平（安徽师范大学）
　　　　童贯和（淮南师范学院）

安徽人民出版社

图书在版编目(CIP)数据

植物生理学实验/肖家欣主编.—合肥:安徽人民出版社,2010.1(2019.8重印)

ISBN 978-7-212-03734-5

Ⅰ.植…　Ⅱ.肖…　Ⅲ.植物生理学—实验—高等学校—教材　Ⅳ.Q945-33

中国版本图书馆CIP数据核字(2010)第017689号

植物生理学实验

肖家欣　主编

出版发行:安徽人民出版社

地　　址:合肥市政务文化新区圣泉路1118号出版传媒大厦8楼

发 行 部:0551-3533258　　0551-3533292(传真)　　邮编:230071

组　　编:安徽师范大学编辑部　　电 话:0553-3937079　3883579

经　　销:新华书店

印　　制:虎彩印艺股份有限公司

开　　本:787×960　　1/16　　印张:9.375　　字数:179千字

版　　次:2010年7月第1版　　2019年8月第4次印刷

标准书号:ISBN 978-7-212-03734-5

定　　价:16.00元

前 言

植物生理学是研究植物生命活动规律的科学。植物生理学实验主要参考了我国师范院校、农林院校和综合性大学的实验内容。在章节内容上，大胆压缩，重点突出，前后呼应；在编写体系上，与其它教材相比，本教材增加了许多新的内容。全书共有52个实验，内容丰富，涵概了植物生理学教材的主要章节。

本书由安徽师范大学肖家欣主编，大连工业大学刘志文、贵州师范大学罗充、安徽师范大学张晓平、淮南师范学院童贯和任副主编。本书得到安徽师范大学教材出版基金的资助，同时还得到安徽师范大学生命科学学院的的领导与老师的帮助与支持，在此一并表示感谢。

由于时间仓促，加上编者的水平有限，书中难免有错误及不妥之处，恳请各位同仁和广大读者能及时提出批评和意见，便于今后修改和提高。

编 者

2009年11月

目 录

实验1　植物组织中自由水与束缚水含量的测定

植物组织中的水分以自由水和束缚水两种不同的状态存在。自由水与束缚水含量的高低与植物的生长及抗性有密切关系。自由水／束缚水比值高时，植物组织或器官的代谢活动旺盛，生长也较快，抗逆性较弱；反之，则生长较缓慢，但抗性较强。因此，自由水和束缚水的相对含量可以作为植物组织代谢活动及抗逆性强弱的重要指标。

【实验原理】

自由水未被细胞原生质胶体颗粒吸附而可以自由移动、蒸发和结冰，也可以作为溶剂。束缚水则被细胞原生质胶体颗粒吸附而不易移动，因而不易被夺取，也不能作为溶剂。基于上述特点以及水分依据水势差而移动的原理，将植物组织浸入高浓度的糖溶液（低水势）中一定时间后，自由水可全部扩散到糖液中，组织中便留下束缚水。自由水扩散到糖液后（相当于增加了溶液中溶剂）便增加了糖液的质量，同时降低了糖液的浓度。测定此降低了的糖液的浓度，再根据原先已知的高浓度糖液的浓度及质量，可求出浓度降低了的糖液的质量。用浓度降低了的糖液的质量减去原来高浓度糖液的质量即为植物组织中自由水的量（即扩散到高浓度糖液中水的量）。最后，用同样的植物组织的总含水量减去此自由水的含量即是植物组织中束缚水的含量。

【仪器与用具】

阿贝折射仪，分析天平或电子顶载天平（感量 0.1mg），烘箱，干燥器，称量瓶，打孔器（面积 $0.5cm^2$ 左右），烧杯，瓷盘，量筒。

【试　剂】

质量百分浓度为 60%～65% 的蔗糖溶液：用天平称取蔗糖 60～65g，置烧杯中，加蒸馏水 35～40g，使溶液总质量为 100g，溶解后备用。

【材　料】

新鲜植物叶片（如小白菜、棉花叶片）。

【方法与步骤】

一、植物组织中总含水量的测定

(1)取称量瓶3只(3次重复,下同),依次编号并分别准确称质量。

(2)在田间选取生长一致的待测植物数株,各选部位、长势、叶龄一致的有代表性叶子数片。用打孔器钻取小圆片150片(注意避开粗大的叶脉),立即装到上述称量瓶中(每瓶随机装入50片),盖紧瓶盖并精确称质量。

(3)将称量瓶连同小圆片置烘箱中105℃下烘15min以杀死植物组织细胞,再于80~90℃下烘至恒质量(称质量时须置干燥器中,待冷却后称)。设称量瓶质量为W_1,称量瓶与小圆片的质量为W_2,称量瓶与烘干的小圆片的质量为W_3(以上质量单位均设为g,下同)。则植物组织的总含水量(%)可按下式计算:

$$\text{植物组织的总含水量}(\%)=\frac{W_2-W_3}{W_2-W_1}\times 100$$

根据上式可分别求出3次重复所得到的组织总含水量的值并进一步求出其平均值。

二、植物组织中自由水含量的测定

(1)另取称量瓶3只,编号并分别准确称质量。

(2)用打孔器打取小叶圆片150片(植物材料的选取同上),立即随机装入三个称量瓶中(每瓶装50片),盖紧瓶盖并立即称质量。

(3)三个称量瓶中各加入60%~65%的蔗糖溶液5ml左右,再分别准确称质量。

(4)各瓶于暗处置4~6h(经减压处理后,只需在暗处置1h),其间不时轻轻摇动。到预定的时间后,充分摇动溶液。用阿贝折射仪分别测定各瓶糖液浓度,同时测定原来的糖液浓度。设称量瓶质量为W_1,称量瓶与小圆片的质量为W_2,称量瓶与小圆片及糖液的质量为W_4,糖液原来的浓度为C_1,浸过植物组织后的糖液浓度为C_2。则植物组织中自由水的含量(%)可由下式算出:

$$\text{植物组织中自由水的含量}(\%)=\frac{(W_4-W_2)\times(C_1-C_2)}{(W_2-W_1)\times C_2}\times 100$$

根据上式同样可求出3个不同的测定值并进一步求出其平均值。

三、植物组织中束缚水含量的计算

植物组织中束缚水的含量(%)=组织总含水量(%)-组织中自由水含量(%)

【思考题】

1. 测定植物组织中自由水和束缚水的含量有何意义?
2. 束缚水含量为什么与植物的抗性有关?

实验 2　质壁分离法测定植物细胞渗透势

植物细胞的渗透势主要取决于细胞液的溶质浓度，因此又称溶质势。已知在干旱、盐渍等条件下，一些植物常在细胞内主动积累溶质，以降低其渗透势，增加吸水能力，而在一定程度上维持膨压，保障细胞的生长和气孔的开放，这种现象叫做渗透调节作用。渗透调节能力的大小可以用逆境条件下细胞渗透势的降低值来表示，在水分生理与抗性生理研究中经常需要测定。

【实验原理】

将植物组织放入一系列不同浓度的蔗糖溶液中，经过一段时间，植物细胞与蔗糖溶液间将达到渗透平衡状态。如果在某一溶液中细胞脱水达到平衡时刚好处于临界质壁分离状态，则细胞的压力势 ψ_p 下降为零。此时细胞液的渗透势 ψ_s 等于外液的渗透势 ψ_{s0}，即 $\psi_s=\psi_{s0}$，此溶液称为该组织的等渗溶液，其浓度称为该组织的等渗浓度，因此，只要测出植物组织的等渗浓度，即可计算出细胞液的渗透势 ψ_s。实际测定时，由于临界质壁分离状态难以在显微镜下直接观察到，故一般均以初始质壁分离作为判断等渗浓度的标准。处于初始质壁分离状态的细胞体积，比吸水饱和时略小，故细胞液浓缩而渗透势略低于吸水饱和时的渗透势，此种状态下的渗透势称基态渗透势。

【仪器与用具】

显微镜，载玻片与盖玻片各若干，温度计，尖头镊子，刀片，小培养皿（直径6cm），试剂瓶，烧杯，容量瓶，量筒，吸管，吸水纸适量。

【试　剂】

1mol/kgH_2O 蔗糖溶液：称取预先在 60～80℃下烘干的蔗糖 34.2g 溶于 100g 蒸馏水中，即为 1 质量摩尔浓度蔗糖溶液。

蔗糖系列标准液：取干燥洁净的小试剂瓶 9 支编号，用 1mol/kgH_2O 蔗糖溶液依 $C_1V_1=C_2V_2$ 公式配制 0.30、0.35、0.40、0.45、0.50、0.55、0.60、0.65、0.70 mol/kgH_2O 等一系列不同浓度的蔗糖溶液（具体范围可根据材料不同而加以调整），贮于试剂瓶中，瓶口加塞以防蒸发浓缩。

0.03%中性红溶液。

【材 料】

大葱或洋葱鳞茎，小麦叶片。

【方法与步骤】

(1)取干燥洁净的培养皿9套编号，将配制好的不同浓度蔗糖溶液按顺序加入各培养皿中使之成为一薄层，盖好培养皿盖备用。

(2)用镊子剥取供试材料下表皮或用刀片小心刮取小麦叶片上表皮，大小以 $0.5cm^2$ 为宜。吸去切片表面水分，立即浸入不同浓度的蔗糖溶液中，每一浓度中4~5片。

为便于观察，可先将切片于0.03%中性红染料中染色5min左右，吸去水分，再浸入蔗糖溶液中，如果不加染色即能区别质壁分离时，仍以不染色为宜。

(3)切片在蔗糖溶液中浸泡20~30min，同时记录室温，取出放在载玻片上，滴一滴相同浓度的糖液，盖好盖玻片，显微镜下观察，确定引起50%以上细胞发生初始质壁分离(即原生质体刚从细胞壁的角隅分离)的浓度，每片观察的细胞不应少于100个，观察要迅速。如果在两个相邻浓度的切片中，一个没有发生质壁分离或质壁分离的细胞不足50%，另一个发生质壁分离的细胞数超过50%，则可粗略地将这两个浓度的平均值作为其等渗浓度。检查时可先从中间浓度开始。

(4)由所得到的等渗浓度和测定的室温，可用下式计算细胞液的渗透势(ψ_s)，即为细胞的渗透势。

$$\Psi_s = -iCRT \times 1.013 \times 0.1$$

式中：

Ψ_s——供试溶液的渗透势，MPa；i——解离系数，蔗糖为1；C——供试溶液的浓度，mol/kgH_2O；R——气体常数，0.008314L·MPa/(mol·K)；T——绝对温度，(273+t℃)，K；1大气压为1.013巴；1巴为0.1MPa。

(5)也可用 $CaCl_2$ 或NaCl代替蔗糖，但须改变式中解离系数。$CaCl_2$ 的i值可用2.6，NaCl一般为1.8。

【思考题】

1. 质壁分离法除了用于细胞渗透势测定外还有什么用处？
2. 试测定并计算不同植物材料的渗透势。

实验 3　植物组织水势的测定

植物组织的水分状况可用水势来表示。植物体细胞之间、组织之间以及植物体与环境之间的水分移动方向都由水势差决定。

Ⅰ.小液流法

【实验原理】

当植物组织与外液接触时,如果植物组织的水势低于外液的渗透势(即溶质势),组织吸水、重量增大而使外液浓度变大;反之,则组织失水、重量减小而外液浓度变小;若两者相等,则水分交换保持动态平衡,组织质量及外液浓度保持不变。根据组织质量或外液浓度的变化情况即可确定与植物组织相同水势的溶液浓度,然后根据公式计算出溶液的渗透势,即为植物组织的水势。计算公式如下:

$$\psi_S = -iCRT \times 1.013 \times 0.1$$

式中 ψ_S——溶液的渗透势,以 MPa 为单位;R——气体常数,为 0.008314MPa·L·mol^{-1}·K^{-1};T——绝对温度,即 273+t℃,单位为 K;C——溶液的质量摩尔浓度,以 mol·kg^{-1}H_2O 为单位;i——溶液的解离系数,蔗糖可用 1,$CaCl_2$ 可用 2.6,NaCl 可用 1.8;1 大气压为 1.013 巴;1 巴为 0.1MPa。

【仪器与用具】

试管,试管架,打孔器,镊子,解剖针,移液管。

【试　剂】

甲烯蓝粉末,1.00mol·kg^{-1} 蔗糖溶液(或 $CaCl_2$ 溶液)。

【材　料】

菠菜或其它作物叶片,韭苔。

【方法与步骤】

(1)取干燥洁净的试管 16 支,分成甲、乙两组,分别插在试管架相应的位置。配制一系列不同浓度的蔗糖溶液(0.1、0.2、0.3、0.4、0.5、0.6、07、0.8mol·kg^{-1})各 10~20ml,注入 8 支编好号的试管(甲组)中。另取 8 支试管(乙组),对应于甲组试

管编号，然后从甲组各管中分别取 4ml 溶液移入相同编号的乙组试管中，甲、乙两组试管分别塞上相应的软木塞（或橡皮塞）备用。

(2)用打孔器在叶片中部靠近主脉附近打取叶圆片，向乙组的每一试管中放入相等数目(10~30 片)的叶圆片，使叶片浸入溶液，塞紧软木塞，放置 30min 以上。期间多次摇动试管，以加速水分平衡。如果用韭苔等植物茎为材料，需用刀片切取等长的茎段(1 ~ 3cm)，然后向乙组每一试管中放入等质量(2 ~ 3g)的茎段。

(3)到预定时间后，在乙组每一试管中用解剖针放入微量甲烯蓝粉末，摇匀，溶液变蓝。

(4)用毛细管（或微量注射器）在乙组试管中吸取蓝色溶液少许，插入装有同样浓度溶液的甲组试管中，毛细管尖端放在溶液中部，轻轻挤出蓝色溶液一小滴，小心取出毛细管（勿搅动有色液滴）。观察蓝色小液滴的升降情况。若液滴下降，表示溶液浓度变大，植物组织吸水，组织水势低于溶液渗透势；若液滴上升，表示乙组相应试管中溶液浓度变小，植物组织失水，组织水势高于溶液渗透势；若液滴不动，则表示植物组织既不失水也不吸水，组织水势与溶液渗透势相等，该溶液的渗透势即为植物组织水势。若前一浓度中液滴下降，后一浓度中液滴上升，则用二者浓度的平均值。

分别测定不同浓度中蓝色液滴的升降，找出与组织水势相当的浓度，根据原理公式 3–1 计算出组织的水势。

(5)测定并记录不同植物组织的水势，分析各自的水分状况。

【注意事项】

(1)所取材料在植株上的部位要一致，打取叶圆片要避开主脉和伤口。

(2)取材以及打取叶圆片的过程操作要迅速，以免失水。

(3)带有结晶水的甲烯蓝不易溶于 $CaCl_2$ 溶液，可在 100℃下烘干成无水甲烯蓝粉末使用。

Ⅱ. 折光仪法

折光仪是测定物质折光率（折光系数）的仪器。本实验用折光仪测定浸泡植物组织后不同浓度蔗糖溶液浓度的变化情况，以确定相应的等渗浓度值。实验步骤(1)、(2)同上；(3)经一定时间水分平衡后，分别测定未浸植物组织和浸泡植物组织各浓度蔗糖液温及折光率；(4)根据液温，可换算成标准折光率，然后求出各溶液的实际浓度。即可知该待测植物组织的等渗浓度值，再代入公式 3–1 求得待测植物的水势值。

【思考题】

1. 试比较这两种水势测定方法的优越性？
2. 小液流法测定植物组织水势的原理是什么？

实验 4 植物叶片蒸腾速率的测定

蒸腾速率是计量蒸腾作用强弱的一项重要的生理指标，其大小受植物形态结构和多种外界因素的综合影响。所以在研究植物水分代谢时，测定蒸腾速率很有必要。

【实验原理】

植物蒸腾失水，质量减轻，故可用称质量法测得植物材料在一定时间内所失水量而算出蒸腾速率。植物叶片在离体后的短时间内（数分钟），蒸腾失水不多时，失水速率可保持不变，但随着失水量的增加，气孔开始关闭，蒸腾速率将逐渐减小，故此实验应快速（在数分钟内）完成。

【仪器与用具】

防风玻璃箱及木架，电子顶载天平（感量 0.01g）或托盘扭力天平（感量 0.01g 附法码），镊子，剪刀，铁夹，透明方格板。

【材　料】

生长良好的盆栽植物。

【方法与步骤】

（1）在待测植株上选一枝条，质量约 20g 左右（使在 3～5min 内蒸腾水量近 1g，而失水量不超过含水量的 10%），在基部缠一线以便悬挂，然后剪下立即称质量，称质量后记录时间和质量并迅速放回原处（可用夹子将离体枝条夹在原母枝上），在原来的环境下蒸腾。将到 3min 或 5min 时，迅速取下重新称质量，准确记录 3 或 5min 内的蒸腾失水量。称质量要快，要求两次称的质量变化不超过 1g，以便只从指针在扇形纸板上偏移的格数即可确定蒸腾失水量。

（2）用叶面积仪或透明方格板计算所测枝条上的叶面积（cm^2），按下式求出蒸腾速率：

$$蒸腾速率=\frac{蒸腾失水量}{蒸腾面积\times测定时间}$$

常用单位为 $g\cdot m^{-2}\cdot h^{-1}$。

（3）针叶树之类不便计算叶面积的植物，可于第二次称质量后摘下针叶，再称枝条质量，用第一次称得的质量减去摘叶后枝条质量，即为针叶（蒸腾组织）的原始鲜质量，再按下式求出蒸腾速率（单位为 $g \cdot m^{-2} \cdot h^{-1}$）。

$$\text{蒸腾速率} = \frac{\text{蒸腾水量}}{\text{组织鲜质量} \times \text{测量时间}}$$

（4）比较不同时间（晨、午、晚、夜）、不同部位（上、中、下）、不同环境（温、湿、风、光）或不同植物的蒸腾速率，把结果及当时气候条件记入表 4–1，并加以解释。在测定蒸腾速率的同时，可附测气孔开闭情形以作参考。

表 4–1　蒸腾速率测定记载表

植物及部位	生长情况	重复	开始时间（h–min–s）	叶面积（cm^2）	测定时间（min）	蒸腾水量（g）	蒸腾速率	当时天气	气孔开闭	备注

【思考题】

1. 一般植物的蒸腾速率如何？
2. 测定蒸腾速率在水分生理研究上有何意义？
3. 测定蒸腾速率为何要考虑到天气情况和气孔开闭情况？

实验5　气孔运动及其影响因素

气孔是陆生植物与外界环境交换水分和气体的主要通道及调节结构。它既要让光合作用需要的CO_2通过，又要防止过多的水分损失，因此气孔在叶片上的分布、密度、形状、大小以及开闭情况显著影响着叶片的光合、蒸腾等生理代谢的速率。因而研究气孔状况很有必要，特别是在研究化学物质与环境因素对气孔运动的影响时，经常需要观察或测定气孔开闭的程度。本实验介绍观察气孔状况的一些方法。

Ⅰ.显微镜下观察气孔运动

【实验原理】

气孔的开闭运动是由组成气孔器的两个保卫细胞的膨压控制的，将叶片表皮放在高渗溶液中，保卫细胞失水，气孔关闭；置换成低渗溶液后，保卫细胞吸水，气孔开启。气孔的开闭运动可在显微镜下直接观察。

【仪器与用具】

显微镜，尖头镊子，载玻片，盖玻片，滤纸，滴管等。

【试　剂】

5%甘油溶液。

【材　料】

鸭跖草或蚕豆。

【方法与步骤】

实验前先把植株放在湿润的空气中照光，促使气孔张开。观察时摘下叶片，用尖头镊子撕取一小片下表皮，浸入有水滴的载玻片上，盖上盖玻片后立即在显微镜下观察。尽可能找到开得最大的气孔，然后在盖玻片的一端用滤纸吸去水，而从另一端滴上5%甘油溶液，使甘油溶液取代水，然后可观察到保卫细胞因失水而质壁分离，致使气孔关闭。当按上述方法再用水取代甘油时，保卫细胞吸水便呈现质壁分离复原现象，气孔张开，而且张得比实验开始时还大。

【注意事项】

本方法适用于对气孔大且易撕下表皮的植物进行气孔运动的观察。

【思考题】

(1)气孔的开闭是由什么控制的?

(2)为什么供试材料在实验前要放在湿润的空气中照光?

(3)当水取代甘油时,气孔开度为什么比实验开始时还大?

Ⅱ.光诱导气孔的开启

【实验原理】

光下植物叶片的气孔开启,暗中气孔关闭。气孔的形态、大小及气孔开度可在显微镜下直接观察。

【仪器与用具】

有光源的显微镜,显微聚光灯,载玻片,镊子,滴管,吸水纸,测微尺等。

【材　料】

鸭跖草或蚕豆。

【方法与步骤】

将不离体的叶片冲洗干净,放置暗中数小时,使气孔关闭。然后把一张平展的叶片固定在显微镜的载物台上,有气孔的一面朝上,开启显微镜的内藏式光源或在叶的斜上方安置一显微聚光灯,照射叶片。视野中选择数个气孔,调焦后,每隔5~10分钟观察一次,并用显微测微尺测量气孔开度。也可用显微摄影仪定时定点拍摄光诱导的气孔开启过程。

【注意事项】

(1)观察的叶片最好是在温室中生长的,叶表面沾污的尘粒少。

(2)事先对叶遮光处理。

(3)照光后气孔从闭到开需20~30min。

【思考题】

光如何诱导气孔开启?

Ⅲ. 钾离子对气孔开度的影响

【实验原理】

保卫细胞的渗透系统受钾离子调节。光下，保卫细胞中的叶绿体通过光合磷酸化生成ATP，ATP驱动质膜上的K^+–H^+泵，使保卫细胞能逆浓度梯度从周围表皮细胞吸收钾离子，或从外界溶液中吸收钾离子，从而降低其渗透势，使气孔开放。

【仪器与用具】

显微镜，尖头镊子，光源灯（1000W 碘钨灯），培养皿，载玻片，盖玻片。

【试 剂】

0.5%KNO_3，0.5%$NaNO_3$。

【材 料】

盆栽鸭跖草或蚕豆。

【方法与步骤】

（1）将三个培养皿中各放15ml的0.5%KNO_3、0.5%$NaNO_3$与蒸馏水。

（2）在同一蚕豆叶上撕表皮若干，分放在上述的三个培养皿中。

（3）将培养皿置于人工光照条件下照光1~1.5h，光照强度在4000lx左右。

（4）分别在显微镜下观察气孔的开度。

【注意事项】

（1）实验前，要给材料预照光，促使气孔适度开放，这样可缩短实验时间，提高处理效应。

（2）室温低时，将照光培养皿放置于离光源稍近处，使培养皿中溶液温度能上升至30～35℃。

【思考题】

1. 观察前为何要加温与照光？
2. 试比较在何种溶液中气孔开度最大？为什么？

Ⅳ. 保卫细胞内钾离子变化的观察

【实验原理】

气孔开闭的钾离子泵学说认为，当保卫细胞内有钾离子累积时，细胞内的渗透势降低，从而吸水膨胀，使气孔张开；当保卫细胞的钾离子外流时，气孔关闭。保卫细胞中的钾离子可用亚硝酸钴钠的组织化学法染色，用显微镜检查。呈色原理为：钾离子与亚硝酸钴钠可形成黄色的亚硝酸钴钠钾沉淀，沉淀如再与硫化铵作用则形成 CoS 的黄黑色结晶。

【仪器与用具】

显微镜，尖头镊子，载玻片，盖玻片。

【试 剂】

50%乙醇溶液。

5%硫化铵 -5%甘油固定液：称 5g 硫化铵溶于 100ml 的 5%甘油溶液中。

15%亚硝酸钴钠〔$Na_3Co(NO_2)_6$〕：新鲜配制，并加几滴冰醋酸酸化，每 10ml 加 1 滴。

【材 料】

盆栽蚕豆或玉米。

【方法与步骤】

一、准备实验材料

取两盆培养的植物，分别作光处理和暗处理，或者一盆植物先进行暗处理再照光。照光时用 100W 白炽灯，距离花盆 30 ~ 40cm，照光 1 ~ 2h。

二、撕取表皮及染色

从处理的植株上剪下叶片，放入蒸馏水中轻轻清洗，然后用镊子撕取叶片的下表皮，并把此表皮放在蒸馏水中漂洗 1min。将表皮移至新配制的 15%亚硝酸钴钠溶液中，染色 15min。再将染好色的表皮取出，在水中漂洗后迅速转移至 50%乙醇溶液中漂洗 15min，漂洗时搅动几次，最好更换一次乙醇溶液，此时表皮细胞中形成亚硝酸钴钠钾的黄色沉淀物。以上操作要求在 3℃以下的条件下进行。试剂事先在冰箱内冷却，或在冰浴中操作亦可。

三、固定样品

把制备好的样品放在载玻片上，加 1 滴 5%硫化铵 -5%甘油固定液固定，盖上盖玻片，在显微镜下观察。黄黑色结晶即为亚硝酸钴钠钾的黄色沉淀在硫化铵作用下所形成的 CoS。

【思考题】

哪些因素会影响保卫细胞中钾离子的浓度？

Ⅴ. ABA 对气孔关闭的作用

【实验原理】

植物内源激素 ABA（即脱落酸）能使气孔关闭，降低叶片蒸腾速率，外源 ABA 也有同样的作用。可以用称量法、镜检法直接或间接地测量气孔开度，以检验外源 ABA 的作用，加深了解 ABA 的生理功能。

【仪器与用具】

显微镜（附接目测微尺），温箱，感量 0.001g 天平，25ml 烧杯，10ml 移液管，剪刀，尖头镊子，光源，载玻片，盖玻片等。

【试　剂】

100mg/LABA：10μgABA 溶于 100ml 水中。

蒸馏水，无水乙醇。

10%醋酸纤维素丙酮溶液：称醋酸纤维素 1g，加纯丙酮 10ml 溶解即可。

【材　料】

生长良好的小麦、蚕豆。

【方法与步骤】

一、ABA 对小麦叶片气孔开度的影响

1. 取　样

选择照光培养、生长均匀、约 10d 苗龄的小麦，取小麦叶片为材料，剪取长 10cm 切段共 60 段。

2. 设置处理

取 6 只 25ml 烧杯，分成 3 组，每组 2 只，按下表进行处理，即第 1 组每杯加蒸馏水 10ml，第 2 组每杯加蒸馏水 10ml 和小麦叶片 15 段，第 3 组每杯加 10mg/L 的 ABA 溶液 10ml 和小麦叶片 15 段，均将叶片切段的基部插在溶液中。

3. 第一次称质量

将上述各处理烧杯称质量，记录原初质量。

4. 第二次称质量

将6只烧杯放在3000lx的光源下，照光2h后再称一次质量。

5. 计算与比较

将两次称质量的结果分别填入表5–1中，计算与比较3种处理的蒸发量，分析ABA对气孔开度和蒸腾的影响。

表5–1 ABA对小麦叶片蒸腾作用影响的记载表

处理	烧杯编号	第一次称质量（A）（g）	第二次称质量（B）（g）	差值（A–B）（g）
（1）10ml蒸馏水	1			
	2			
（2）在10ml蒸馏水中插入小麦叶片15段	3			
	4			
（3）在10ml100mg/LABA溶液中插入小麦叶片15段	5			
	6			

二、ABA对蚕豆叶片气孔开度的影响

（1）取蚕豆倒2或倒3复叶的叶片2张，分别放入5ml蒸馏水（对照）和5ml 10mg/L ABA溶液中，每种处理设2个重复。

（2）放在3000～4000lx灯光下照光2～3h。

（3）观察（任选以下一种方法）。

①活体观察：用带有接目测微尺的显微镜，观察气孔的开度，测量孔径大小。

②剥表皮观察：用镊子撕下靠近中脉处的下表皮，立即放入无水乙醇中固定，然后放在载玻片上，盖上盖玻片在显微镜下观察测量各处理的气孔开度。

③印迹法：用10%醋酸纤维丙酮溶液涂在叶子下表皮，待干后取下，置显微镜下测量。

根据测量结果，分析ABA对气孔开度的影响。

【思考题】

1. 测量前为何要进行照光处理？
2. ABA为何能影响气孔开度？

实验 6　植物的溶液培养和缺素症状的观察

植物正常生长发育需要多种矿质元素。但要确定各种元素是否为植物所必需，还需借助无土培养法（溶液培养法和砂基培养法）才能解决。近年来，无土栽培不仅作为一种研究手段，而且成为新的生产方式，在蔬菜、花卉生产中开始大规模应用。本实验学习溶液培养的技术，并证明氮、磷、钾、钙、镁、铁等元素对植物生长发育的重要性。

【实验原理】

用植物必需的矿质元素按一定比例配成培养液来培养植物，可使植物正常生长发育，如缺少某一必需元素，则会表现出缺素症；将所缺元素加入培养液中，缺素症状又可逐渐消失。

【仪器与用具】

烧杯，吸量管，量筒，培养瓶（可用 1000ml 塑料广口瓶或瓷质、玻璃质培养缸），黑色蜡光纸，塑料纱网纱布，精密 pH 试纸（pH5～6）或广泛 pH 指示剂，搪瓷盘（带盖），石英砂适量，陶质花盆，试剂瓶。

【试　剂】

硝酸钾，硫酸镁，磷酸二氢钾，硫酸钾，硫酸钠，磷酸二氢钠，硝酸钠，硝酸钙，氯化钙，硫酸亚铁，硼酸，氯化锰，硫酸铜，硫酸锌，钼酸，盐酸，乙二胺四乙酸钠（EDTA-Na）。

以上试剂均需分析纯。

【材　料】

高活力玉米（或番茄、向日葵）种子。

【方法与步骤】

（1）育苗：用搪瓷盘装入一定量的石英砂或洁净的河沙，将已浸种一夜的玉米（或番茄）等种子均匀地排列在砂面上，再覆盖一层石英砂，保持湿润，然后放置在温暖处发芽。第一片真叶完全展开后，选择生长一致的幼苗，小心地移植到各种缺素培养液中。

(2)配制大量元素及铁贮备液:用蒸馏水按表 6-1 配制。

表 6-1 大量元素贮备液配制表

药品		浓度(g/L)
$Ca(NO_3)_2 \cdot 4H_2O$		236.0
KNO_3		102.0
$MgSO_4 \cdot 7H_2O$		98.0
KH_2PO_4		27.0
K_2SO_4		88.0
$CaCl_2$		111.0
NaH_2PO_4		24.0
$NaNO_3$		170.0
Na_2SO_4		21.0
EDTA-Fe	EDTA-Na	7.45
	$FeSO_4 \cdot 7H_2O$	5.57

微量元素贮备液按以下配方配制:称取 H_3BO_3 2.86g,$MnCl_2 \cdot 4H_2O$ 1.81g,$CuSO_4 \cdot 5H_2O$ 0.08g,$ZnSO_4 \cdot 7H_2O$ 0.22g,$H_2MoO_4 \cdot H_2O$ 0.09g,溶于 1L 蒸馏水中。

配好以上贮备液后,再按表 6-2 配成完全培养液或缺乏某元素的培养液。用酸碱调节 pH 至 5.5~5.8。

表 6-2 完全培养液和各种缺素培养液配制表

贮备液	每 100ml 培养液中各种贮备液的用量(ml)						
	完全	缺 N	缺 P	缺 K	缺 Ca	缺 Mg	缺 Fe
$Ca(NO_3)_2$	0.5	-	0.5	0.5	-	0.5	0.5
KNO_3	0.5	-	0.5	-	0.5	0.5	0.5
$MgSO_4$	0.5	0.5	0.5	0.5	0.5	-	0.5
KH_2PO_4	0.5	0.5	-	-	0.5	0.5	0.5
K_2SO_4	-	0.5	0.1	-	-	-	-
$CaCl_2$	-	0.5	-	-	-	-	-
NaH_2PO_4	-	-	-	0.5	-	-	-
$NaNO_3$	-	-	-	0.5	0.5	-	-
Na_2SO_4	-	-	-	-	-	0.5	-
EDTA-Fe	0.5	0.5	0.5	0.5	0.5	0.5	-

(3)取 7 个 1000 毫升塑料广口瓶,分别装入配制的完全培养液及各种缺素培养液 900ml,贴上标签,写明日期。然后把各瓶用黑色蜡光纸或黑纸包起来,或用报纸包 3 层,用 0.3mm 的橡胶垫做成瓶盖,并用打孔器在瓶盖中间打一圆孔,把选好的植株去掉胚乳,并用棉花或海绵缠裹住茎基部,小心地通过圆孔固定在瓶盖上,使整个根系浸入培养液中,装好后将培养瓶放在阳光充足、温度适宜(20~25℃)

的地方，培养 3 ~ 4 周。

（4）为了使根系氧气充足，每天定时向培养液中充气，或在盖与溶液间保留一定空隙，以利通气。培养液每隔一周需更换一次。注意记录缺乏必需元素时所表现的症状和最先出现症状的部位。待各缺素培养液中的幼苗表现出明显症状后，可把缺素培养液一律更换为完全培养液，观察症状逐渐消失的情况，并记录结果。

【思考题】

1. 为什么说溶液培养是研究矿质营养的重要方法？
2. 比较溶液培养和砂基培养的优缺点。
3. 进行溶液培养或砂基培养有时会失败，主要原因何在？

实验7 植物灰分中常用元素分析

植物体中含有多种元素，在高温和氧存在下，C和H及部分P、N、S等元素被氧化逸出，而绝大部分的金属及硅等非金属元素，则以氧化物的形式残留下来，统称为灰分。矿质元素以氧化物形式存在于灰分中，故也称为灰分元素。

【实验原理】

灰分元素是植物体的组成元素，用特殊的试剂与灰分进行专一性反应，根据颜色变化及其产生的结晶形状可定性分析植物灰分中的常量元素。

【仪器与用具】

高温电炉，坩埚，烘箱，台秤，显微镜，载玻片，盖玻片，白瓷板，表面皿。

【试 剂】

5%磷酸二氢钾，5%磷酸氢二钾，5%硫酸镁，5%硫酸钾，5%硫氰化钾，5%氧化钙，15%次氯酸，10%HCl，10%氯化钡，50%硫酸。

镁试剂（现配现用）：5gNa_3PO_4及30gNH_4Cl溶于50ml蒸馏水中，加入20ml浓NH_4OH，然后定容至100ml。

钼酸铵试剂：7g钼酸铵溶于50ml蒸馏水，加入50ml浓HNO_3，放置过夜，取上清液备用（溶液有腐蚀性）。

二苯胺试剂（现配现用）：1g二苯胺溶于100ml浓H_2SO_4中（有腐蚀性）。

【材 料】

玉米叶片或其他植物材料。

【方法与步骤】

一、材料灰化

取50g鲜样，洗净后放入坩埚内，先置于105℃烘箱中烘干，然后于高温（550℃）电炉上灰化2h（需要时称干质量和灰质量，求出干质量百分含量和灰质量百分含量）。

二、灰分元素鉴定

将1g灰分溶解于4ml10%HCl溶液中作如下的鉴定。

（1）氮：取5滴灰分溶液于白瓷比色板上，加1滴1%二苯胺－硫酸试剂，观察是否有蓝颜色的生成，呈蓝色表明有硝酸盐存在。

（2）磷：取 1 滴 5% KH_2PO_4 于干洁的载玻片上，并加 1 滴钼酸铵试剂，几分钟后在显微镜下观察结晶（磷钼酸铵）的颜色和形状。用 1 滴灰分溶液作同样试验，观察其结果。

（3）钾：将 1 滴 5% 的 K_2HPO_4 溶液于载玻片上，并在其旁边滴 1 滴次氯酸液，小心将它们逐渐混合，置显微镜下观察结晶的颜色与形状；用 1 滴灰分溶液作同样试验，并观察其结果。

（4）镁：按上述方法，将 1 滴 5% NaH_2PQ_4 和 1 滴 $MgSO_4$ 混合，镜检结晶的颜色与形状；再用灰分溶液作同样试验，并观察结果。

（5）硫：将 1 滴 5% K_2SO_4 和 1 滴 10% $BaCl_2$ 在载玻片上混合，镜检结晶的颜色与形状，用灰分溶液作同样试验并观察结果。

（6）钙:将 1 滴 50% H_2SO_4 和 1 滴 5% $CaCl_2$ 在载玻片上混合，镜检结晶的颜色与形状，用灰分溶液作同样试验，并观察结果。

（7）铁：在白瓷比色板上加 5 滴灰分溶液和 3 滴 5% KSCN，混合后有红色形成则表示有铁的存在。

【注意事项】

许多试剂有腐蚀性，应防止沾污衣服、皮肤和显微镜。

【思考题】

1. 列表并记录结果，试写出反应方程式。
2. 这些元素在植物生命活动中各有何作用？

实验 8 钼蓝法测定植株中磷元素的含量

磷是植物生长发育所必需的大量矿质元素之一。磷在 ATP 的反应中起关键作用,磷在糖类代谢、蛋白质代谢和脂类代谢中起着重要的作用。故了解植株中磷元素含量的测定方法十分必要。

【实验原理】

在酸性条件下,无机磷可与钼酸铵作用生成磷钼酸铵,并被氯化亚锡还原成蓝色的磷钼蓝,由蓝色的深浅即可测定磷的含量。

$H_3PO_4+12(NH_4)_2MoO_4+21HCl\rightarrow(NH_4)_3PO_4\cdot12MoO_3+21NH_4Cl+12H_2O$

$(NH_4)_3PO_4\cdot12MoO_3\xrightarrow{SnCl_2}(MoO_2\cdot4MoO_3)2\cdot H_3PO_4\cdot4H_2O$(钼蓝)

钼蓝的最大吸收波长为 660nm。

使用该法时,钼酸铵 – 硫酸溶液应用滴定管加入,体积要准确,否则会因酸度不合适而导致不显色;显色时间不可过长,否则蓝色褪去,可导致实验失败。此外,实验中吸收池易着蓝色,实验完毕,应及时用盐酸 – 乙醇(1+2)洗涤剂浸泡,再用水清洗。

【仪器与用具】

分光光度计,离心机,刻度移液管,研钵,酸式滴定管,容量瓶。

【试 剂】

50μg/ml 标准磷溶液:准确称取 0.2195g 分析纯 KH_2PO_4 溶于 400ml 去离子水中,加入 5ml 浓 H_2SO_4,然后转入 1L 容量瓶中定容,摇匀。

钼酸铵 – 硫酸混合溶液:称 25g 钼酸铵于大烧杯中,加入 200ml 去离子水溶解。将 280ml 浓硫酸慢慢倒入 400ml 去离子水中,冷却。然后把上述配好的钼酸铵溶液加入此硫酸溶液中并用去离子水稀释至 1L。

氯化亚锡溶液:称 5.7g$SnCl_2$ 于大烧杯中,加入 60ml 浓 HCl 并加热,溶解后用去离子水稀释至 300ml。溶液中加入少量锡粒,以防 Sn^{2+} 氧化。该溶液为 0.1mol/L 的 $SnCl_2$ 盐酸溶液,可存放数周。

【材　料】

小麦、玉米或水稻等作物的功能叶鞘。

【方法与步骤】

一、绘制标准曲线

取上述标准磷溶液配成浓度为 0、5、10、20、25、30、35、40、45、50μg/ml，分别取 1ml 于试管中，加入钼酸铵硫酸试剂 3ml，摇匀，再加 $SnCl_2$0.1ml，混匀，静置 10~15min。

选择 660nm 波长，用光径 1cm 比色杯，以浓度 0 为参比溶液，测得各标准溶液的光密度。

以磷的浓度为横坐标，光密度为纵坐标，在坐标纸上绘制标准曲线。

二、组织中磷含量的测定

取小麦等作物功能叶鞘，洗净吸干表面水分后，称取 2g 置于研钵中，加少许石英砂及 5ml 蒸馏水研磨。将匀浆移至 25ml 容量瓶中，将研钵中残渣一并洗入，然后加水至刻度。取该混合液于 6000r/min 离心 15min，上清液备用，若着色严重，可用活性炭脱色。

吸取组织提取液 1ml 两份于洁净的试管中。在上述同样条件下测其光密度。依据试液的光密度值，从标准曲线上即可查出试液的浓度。根据下式计算出叶鞘中磷含量。

$$P(\mu g/g)=C\times\frac{V}{W}$$

式中：C 为提取液的磷含量（μg/ml）；V 为提取液的体积（ml）；W 为样品鲜质量（g）。

【思考题】

1. 试讨论实验过程中哪些因素会影响实验结果。
2. 你还知道其他什么方法可以测定植物中磷的含量吗？

实验9 原子吸收分光光度法测定植物组织中金属元素的含量

必需金属元素多数是作为辅酶或辅基的必要成分参与代谢活动。缺乏必需金属元素,轻者导致植物代谢障碍,重则诱发病症甚至死亡。测定植物组织中的金属元素,对研究作物生长发育、制定农业技术措施、提高作物产量和农产品品质有一定意义。

【实验原理】

除了铬以外,几乎所有的金属均可溶解在一定浓度的硝酸溶液中。因此,可用原子吸收分光光度法测定绝大多数金属元素,而用比色法测定铬元素。将植物样品灰化后,用稀硝酸在低温电炉上加热提取,在硝酸温度提高过程中,灰分中各种金属元素会逐渐溶解在硝酸中。这样,一份样品所含的多种金属元素可同时被抽提出来。用原子吸收分光光度计,采用不同的金属阴极灯即可测出样品中除铬以外多种金属元素的浓度。

欲分析植物样品中某种金属元素含量,需先制备该金属元素的标准溶液。用浓硝酸溶解该纯金属,用去离子水稀释成一定浓度的母液。再配制成一系列不同浓度的标准溶液,测定其原子吸收光谱的吸光度,绘制吸光度－原子浓度工作曲线。然后在仪器同样工作状态下,测出样品待测液中该金属原子吸收光谱的吸光度,利用吸光度与原子浓度成正比的原理即可在标准曲线上查到待测金属原子的浓度。配有电子计算机的原子吸收分光光度计,能自动绘制曲线,进行误差校正与含量换算,在显示屏上直接显示出待测样品中各种金属原子的浓度,并可打印出分析结果。本实验测定植物叶片中 Cu、Zn 的含量。

【仪器与用具】

低温电炉,马福炉,原子吸收分光光度计,移液管,容量瓶,瓷坩埚,不锈钢剪刀,镊子。

【试 剂】

纯度为99%的 Cu、Zn,50%硝酸溶液,10%硝酸溶液,1%硝酸溶液。

Cu 和 Zn 标准母液的制备:精确称取高纯度的 Cu 和 Zn 各 0.1g,分别用 50%的硝酸 10ml 略加热溶解,用去离子水稀释并定容至 100ml,得浓度为 1mg/ml 的 Cu

和 Zn 的母液。

标准 1(Cu)溶液的制备:用去离子水将 Cu 的母液分别稀释成 1、2、5、10 和 20μg/ml 的标准溶液 1。

标准 2(Zn)溶液的制备:用去离子水将 Zn 的母液稀释成 1、2、5、10 和 15μg/ml 的标准溶液 2。

【材　料】

小麦、水稻叶片。

【方法与步骤】

一、样品的预处理

(1)按平均取样法称取待测水稻叶片 5 ~ 10g,先用流动水冲洗叶片表面污物,再用去离子水冲洗 2 ~ 3 次。用吸水纸吸干叶面水分,精确称取 5g 左右待用。

(2)将干净的水稻叶片剪成 1cm 长叶段,直接放入 50ml 瓷坩埚内,先在低温电炉上碳化 1 ~ 2h。

(3)将瓷坩埚转入马福炉,升温至 200℃继续碳化 30min(至无烟外溢)。然后采用每升高 100℃停 0.5h,逐步升温至 600℃,约 4 ~ 5h 即可灰化完毕,得白色灰烬。

(4)样品冷却至室温,在坩埚内加入 10%的硝酸 5 ~ 10ml,置低温电炉上消化提取、使坩埚内硝酸体积减至 0.5ml 左右。

(5)冷却后用 1%的硝酸将坩埚内样品无损转入 25ml 容量瓶内,并定容至刻度。全过程用一空白样作为对照。

二、原子吸收分光光度计的测定

(1)按照操作程序开启原子吸收分光光度计。

(2)分别用 1%的硝酸和标准溶液 1、2 调零并制作标准曲线。

(3)样品的测定:记录数字显示屏幕上的读数,即为每 ml 样品液中所含 Cu 和 Zn 的数。

(4)若样品中金属含量超过标准溶液最高浓度,应重新配制标准溶液,提高其浓度或适当稀释样品液。

(5)结果计算:计算每 kg 水稻叶片中含 Cu 和 Zn 的质量(μg)。

【思考题】

1. 测定植物组织中的金属元素含量有什么意义?
2. 你还知道其他什么方法可以测定植物组织中的金属元素含量?

实验10 植物体内硝酸还原酶活力的测定

植物从土壤中吸收硝酸盐后，必须经过代谢还原才能利用。硝酸盐还原成亚硝酸盐的过程是由细胞质中的硝酸还原酶催化的，硝酸还原酶是一种诱导酶（或适应酶），主要存在于高等植物的根和叶子中。

【实验原理】

硝酸还原酶（NR）是植物氮素同化的关键酶，它催化植物体内的硝酸盐还原为亚硝酸盐：

$$NO_3^- + NAD(P)H + H^+ \xrightarrow{NR} NO_2^- + NAD(P)^+ + H_2O$$

产生的亚硝酸盐与对－氨基苯磺酸（或对－氨基苯磺酰胺）及 α－萘胺（或萘基乙烯二胺）在酸性条件下定量生成红色偶氮化合物。其反应如下：

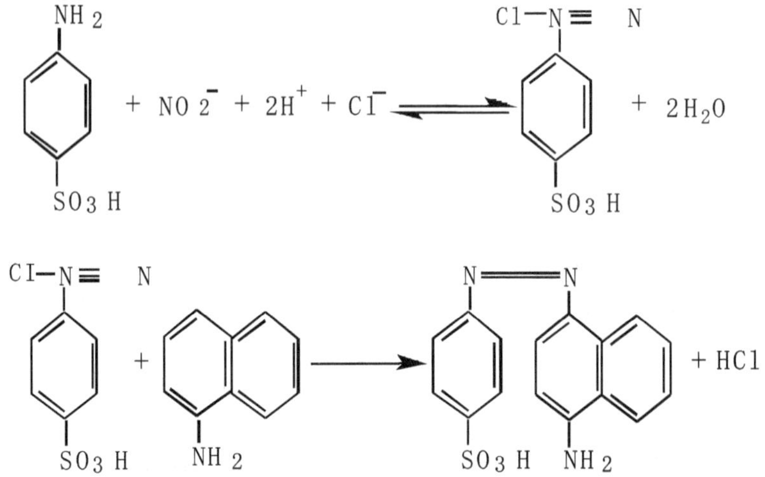

生成的红色偶氮化合物在540nm波长下有最大吸收峰，可用分光光度法测定。硝酸还原酶活性可由产生的亚硝态氮的量表示。一般以 $\mu g \cdot g^{-1} \cdot h^{-1}$ 为单位。NR的测定可分为活体法和离体法。活体法步骤简单，适合快速、多组测定。离体法复杂，但重复性较好。

Ⅰ. 活体法

【仪器与用具】

分光光度计,真空抽气泵(或 20ml 注射器筒),钻孔器,真空泵,三角烧瓶,天平,单面刀片,保温箱(或恒温水浴),刻度试管,移液管等。

【试　剂】

亚硝酸钠标准液:称取分析纯 $NaNO_2$0.1000g 水溶后定容至 100ml,吸取 5ml 用水稀释定容至 1000ml,即为每 ml 含 5μg$NaNO_2$(亚硝态氮近似 1μg/ml)的标准液。

0.1mol/L pH7.5 的磷酸缓冲液:$K_2HPO_4$19.24g,$KH_2PO_4$2.2g,加水溶解后定容至 1000ml。

1%(W/V)磺胺试剂(对－氨基苯磺酸溶液):称取 1.0g 加入 25ml 浓 HCl 中,用蒸馏水定容至 100ml。

0.2%(W/V)α－萘胺溶液:称取 0.2g α－萘胺溶于 25ml 冰醋酸中,用蒸馏水定容至 100ml。

30%三氯乙酸溶液:75.0g 三氯乙酸水溶后定容 250ml。

【材　料】

小麦或玉米叶片。

【方法与步骤】

一、标准曲线制作

取 7 支洁净烘干的 15ml 刻度试管按表 10–1 顺序加试剂,即配成 0～2.0μg 的系列标准亚硝态氮溶液。摇匀后在 30℃保温箱或恒温水浴中保温 30min,然后在 540nm 波长下比色。以亚硝态氮(μg)为横坐标,光密度值为纵坐标绘标准曲线或建立回归方程。

表 10–1　各试剂加入顺序

管　号	1	2	3	4	5	6	7
亚硝酸钠标准液	0	0.2	0.4	0.8	1.2	1.6	2.0
蒸馏水	2.0	1.8	1.6	1.2	0.8	0.4	0
1%对－氨基苯磺酸	4	4	4	4	4	4	4
0.2% α－萘胺	4	4	4	4	4	4	4
每管含 NO_2^-/μg	0	0.2	0.4	0.8	1.2	1.6	2.0

二、酶反应和酶活性测定

1. 取　样

将材料洗净，用蒸馏水冲洗，滤纸吸干。在叶片中部打取直径 1cm 的圆片（或剪成 0.5～1.0cm^2 的小块），混匀后每个样品称 1.0～2.0g 2 份，分别置于含有下列溶液的 50ml 三角烧瓶中：①0.1mol/L 磷酸缓冲液（pH7.5）5ml+蒸馏水5ml；②0.1mol/L 磷酸缓冲液（pH7.5）5ml+0.2mol/L KNO_3 5ml。然后将三角烧瓶置于真空干燥器中接真空泵抽气，直至叶片沉在瓶底。然后将各三角烧瓶置 30℃下于黑暗处保温 30min，分别向处理管加 1.0ml 三氯乙酸，摇匀终止酶活性。

2. NO_2^- 含量的测定

分别吸取反应液 1ml 于一试管中，另加入磺胺试剂 2ml 及 α－萘胺试剂 2ml，混合摇匀，静置 30min，用分光光度计（540nm）进行测定，记下吸光值，从标准曲线上读出 NO_2^- 含量，再计算酶活力，以每小时每克鲜质量产生的 NO_2^- μg 或 μmol 表示（$\mu g \cdot g^{-1} \cdot h^{-1}$）。

$$样品中酶活性(\mu g \cdot g^{-1} \cdot h^{-1}) = C \times \frac{V}{W \times t}$$

式中：C——反应液催化产生的亚硝态氮含量（μg/ml）；V——提取酶液时的总溶液体积（ml）；W——样品质量（g）；t——反应时间（h）。

Ⅱ. 离体法

【仪器与用具】

离心机，分光光度计，冰箱，研钵，试管等（与活体法相同）。

【试　剂】

0.1mol/L pH7.5 的磷酸缓冲液，0.1mol/L KNO_3 磷酸缓冲液，1%（W/V）对－氨基苯磺酸溶液，0.2%（W/V）α－萘胺溶液（溶液配法同活体法）。

NADH 溶液：称取 2.0mgNADH 溶于 1ml 0.1mol/L 的磷酸缓冲液中（冰箱贮存可用一星期）。

提取缓冲液（25mmol/L 的磷酸缓冲液、5mmol/L 半胱氨酸、5mmol/L EDTA-Na_2 混合液）：取 250ml 0.1mol/L 磷酸缓冲液，加半胱氨酸 0.61g，EDTA-Na_2 1.86g，溶解后用 KOH 溶液调 pH 至 7.5，定容至 1000ml。

【材　料】

玉米或小麦叶片。

【方法与步骤】

(1)取材料1.0～2.0g,洗净剪碎,放在研钵中置于低温冰箱冷冻30min。取出在冰浴中加少量石英砂和提取缓冲液(玉米、小麦、水稻分别按每克鲜质量1ml、2ml和4ml分两次加入)。研磨为匀浆,低温离心5min(4000r/min)。上清液即为粗酶提取液。

(2) 取0.4ml粗酶提取液,1.2ml 0.1mol/L KNO_3 磷酸缓冲液,0.4mlNADH溶液加入备好的刻度试管中混匀,在30℃下保温30min,对照不加NADH,以0.4ml蒸馏水代替。

(3)保温后立即加1ml对－氨基苯磺酸溶液终止反应,加1ml α－萘胺溶液,显色20min于4000r/min下离心10min,上清液在分光光度计上测波长40nm处吸光。

(4)标准曲线制作和结果计算同活体法。

【注意事项】

(1)硝酸盐还原过程应在黑暗中进行,以防止亚硝酸盐还原为氨。

(2)取样前材料应照光3h以上,大田取样在上午9点后为宜,阴雨天不宜取样。取样部位应尽量一致。

(3)配好的 KNO_3 磷酸缓冲液应密闭低温保存,否则易滋生微生物将 NO_3^- 还原,使对照吸光值偏高。

(4)从显色到比色时间要一致,过短过长对颜色有影响。

【思考题】

1. 测定硝酸还原酶的材料取样前为什么需要一定时间的光照?
2. 活体法和离体法测定中,影响实验结果的最大因素各是什么?应如何注意?

实验 11　TTC 法测定植物根系活力

植物根系是活跃的吸收器官和合成器官，根的生长情况和活力水平直接影响地上部的生长、营养状况及产量水平。本实验练习测定根系活力的方法，为植物营养研究提供依据。

【实验原理】

氯化三苯基四氮唑(TTC) 是标准氧化还原电位为 80mV 的氧化还原物质，溶于水中成为无色溶液，但还原后即生成红色且不溶于水的三苯甲腙(TTF)。

生成的 TTF 比较稳定，不会被空气中的氧自动氧化，所以 TTC 被广泛地用作酶试验的氢受体，植物根所引起的 TTC 还原，可因加入琥珀酸、延胡索酸、苹果酸得到增强，而被丙二酸、碘乙酸所抑制。所以 TTC 还原量能表示脱氢酶活性，并作为根系活力的指标。

【仪器与用具】

分光光度计，分析天平(感量 0.1mg)，恒温箱，研钵，100ml 三角瓶，漏斗，移液管，20ml 刻度试管，10ml 容量瓶，小培养皿，试管架，药匙，石英砂适量。

【试　剂】

乙酸乙酯。

次硫酸钠($Na_2S_2O_4$，分析纯，粉末)。

1%TTC 溶液：准确称取 TTC 1.0g，溶于少量蒸馏水中，定容至 100ml。用时稀释至所需要的各种浓度。

磷酸缓冲液(1/15mol/L，pH7.0)。

1mol/L 硫酸：用量筒量取比重 1.84 的浓硫酸 55ml，边搅拌边加入盛有 500ml 蒸馏水的烧杯中，冷却后稀释至 1000ml。

0.4mol/L 琥珀酸钠：称取琥珀酸钠(含 6 个结晶水)10.81g，溶于蒸馏水中，定容至 100ml。

【材　料】

水培或砂培小麦、玉米等植物根系。

【方法与步骤】

一、定性测定

（1）配置反应液：把 1%TTC 溶液、0.4moL/L 琥珀酸钠和磷酸缓冲液按 1∶5∶4 比例混合。

（2）把根仔细洗净，把地上部分从茎基切除，将根放入三角瓶中，倒入反应液，以浸没根为度，置 37℃左右暗处放 1～3h，以观察着色情况，新根尖端几毫米以及细侧根都明显地变成红色，表明该处有脱氢酶存在。

二、定量测定

（1）TTC 标准曲线的制作：吸取 0.25ml 0.4%TTC 溶液放入 10ml 容量瓶，加少许 $Na_2S_2O_4$ 粉末，摇匀后立即产生红色的 TTF。再用乙酸乙酯定容至刻度，摇匀。然后分别取此液 0.25ml、0.5ml、1.00ml、1.50ml、2.00ml 置 10ml 容量瓶中，用乙酸乙酯定容至刻度，即得到含 TTF25μg、50μg、100μg、150μg、200μg 的标准比色系列，以空白作参比，在 485nm 波长下测定光密度，绘制标准曲线。

（2）称取根尖样品 0.5g，放入小培养皿，加入 0.4%TTC 溶液和磷酸缓冲液的等量混合液 10ml，把根充分浸没在溶液内，在 37℃下暗处保温 1～3h，此后加入 1mol/L 硫酸 2ml，以停止反应。（与此同时做一空白试验，先加硫酸，再加入根样品，其他操作相同）。

（3）把根取出，吸干水分后与乙酸乙酯 3～4ml 和少量石英砂一起磨碎，以提出 TTF。把红色提出液移入试管，用少量乙酸乙酯把残渣洗涤 2～3 次，皆移入试管，最后加乙酸乙酯使总量为 10ml，用分光光度计在波长 485nm 下比色，以空白试验作参比读出光密度，查标准曲线，求出四氮唑还原量。

（4）结果计算：将所得数据代入下式，求出四氮唑还原强度。

$$\text{单位质量鲜根的四氮唑还原强度}(mg/(g\cdot h))=\frac{C}{W\times t}$$

式中：C 为从标准曲线查出的四氮唑还原量（mg）；W 为样品质量（g）；t 为反应时间（h）。

【思考题】

1. 为什么要测定根系活力？
2. 你认为还可以采用哪些方法测定根系活力？

实验12 植物根系对离子的选择吸收

植物根系对矿质元素具有选择吸收的特性，甚至对同一盐类的阴离子和阳离子也以不同的比例吸收。所以盐类可分为生理酸性盐(根对阳离子吸收多)、生理碱性盐(对阴离子吸收多)和生理中性盐(阴阳离子等比例地吸收)。由于根系对离子吸收有选择性,使得培养液的成份会逐渐改变。因此,在无土栽培(如水培)植物时,要经常更换与补充培养液,本实验是为验证根系对离子吸收有选择性而设计的。

【实验原理】

植物对组成同一盐类的阴离子和阳离子的吸收量不同时，就会改变溶液的pH值。通过酸度计测定放根系前后盐溶液的pH值变化就能判别根系是否对离子吸收具有选择性。

【仪器与用具】

pH计(或精密pH试纸),量筒,广口瓶等。

【试 剂】

0.5mg/ml $(NH_4)_2SO_4$,0.5mg/ml $NaNO_3$,0.5mg/ml NH_4NO_3。

【材 料】

洋葱或其他植物苗。

【方法与步骤】

一、材料准备

预先在自来水中培养好具有相当大根系的洋葱鳞茎或其他植物的根系。

二、测定实验开始时溶液的原初pH值

取4个200ml广口瓶，分别加入100ml浓度为0.5mg/ml $(NH_4)_2SO_4$、$NaNO_3$、NH_4NO_3和100ml蒸馏水。分别测定瓶中pH值作为实验开始的原初pH值。

三、测定植株吸收离子的终态pH值

取4株根系发育良好，大小相似的洋葱或其他植物材料的根系，分别放在4个广口瓶的溶液中,在室温下放置2~3h(放置时间视根的大小、吸收能力和溶液温度而定),取出植株,测定溶液的pH值,记录实验结果并加以分析。

【思考题】

1. NH_4NO_3 是生理酸性盐还是生理碱性盐?
2. 本实验中用蒸馏水作对照,它主要起什么作用?

实验 13 植物体内谷氨酰胺合成酶活力的测定

当植物吸收铵盐的氨后，或者当植物所吸收的硝酸盐还原成氨后，氨立即被同化。氨的同化包括谷氨酰胺合成酶、谷氨酸合酶和谷氨酸脱氢酶等途径。

【实验原理】

谷氨酰胺合成酶(GS)是植物体内氨同化的关键酶之一，在 ATP 和 Mg^{2+} 存在下，它催化植物体内谷氨酸形成谷氨酰胺。在反应体系中，谷氨酰胺转化为 γ－谷氨酰基异羟肟酸，进而在酸性条件下与铁形成红色的络合物，该络合物在 540nm 处有最大吸收峰，可用分光光度计测定。谷氨酰胺合成酶活性可用产生的 γ－谷氨酰基异羟肟酸与铁络合物的生成量来表示，单位 $\mu mol \cdot mg^{-1} protein \cdot h^{-1}$。也可间接用 540nm 处吸光值的大小来表示，单位 $A \cdot mg^{-1} protein \cdot h^{-1}$。

【仪器与用具】

冷冻离心机，分光光度计，天平，研钵，恒温水浴，剪刀，移液管(2ml、1ml)。

【试　剂】

提取缓冲液：0.05mol/L Tris–HCl，pH8.0，内含 2mmol/L Mg^{2+}，2mmol/LDTT，0.4mol/L 蔗糖。称取 Tris(三羟甲基氨基甲烷)1.5295g，0.1245g$MgSO_4 \cdot 7H_2O$，0.1543gDTT(二硫苏糖醇)和 34.25g 蔗糖，去离子水溶解后，用 0.05mol/LHCl 调至 pH8.0，最后定容至 250ml。

反应混合液 A (0.1mol/L Tris–HCl 缓冲液，pH7.4)：内含 80mmol/L Mg^{2+}，20mmol/L 谷氨酸钠盐，20mmol/L 半胱氨酸和 2mmol/LEGTA，称取 3.0590g Tris，4.9795g $MgSO_4 \cdot 7H_2O$，0.8628g 谷氨酸钠盐，0.6057g 半胱氨酸，0.1920g EGTA，去离子水溶解后，用 0.1mol/L HCl 调至 pH7.4，定容至 250ml。

反应混合液 B(含盐酸羟胺，pH7.4)：反应混合液 A 的成分再加入 80mol/L 盐酸羟胺，pH7.4。

显色剂 (0.2mol/L TCA，0.37mol/L $FeCl_3$ 和 0.6mol/L HCl 混合液)：3.3176g TCA(三氯乙酸)，10.1021g $FeCl_3 \cdot 6H_2O$，去离子水溶解后，加 5ml 浓盐酸，定容至 100ml。

40mmol/L ATP 溶液：0.1210g ATP 溶于 5ml 去离子水中(临用前配制)。

【材 料】

油菜或小麦叶片。

【方法与步骤】

一、粗酶液提取

称取植物材料 1g 于研钵中，加 3ml 提取缓冲液，置冰浴上研磨匀浆，转移于离心管中，4℃下 10000r/min 离心 20min，上清液即为粗酶液。

二、反 应

1.6ml 反应混合液 B，加入 0.7ml 粗酶液和 0.7mlATP 溶液，混匀，于 37℃下保温 30min，加入显色剂 1ml，摇匀并放置片刻后，于 4000r/min 离心 10min，取上清液测定 540nm 处的吸光值，以加入 1.6ml 反应混合液 A 的为对照。

三、粗酶液中可溶性蛋白质测定

取粗酶液 0.5ml，用水定容至 100ml，取 2ml 用考马斯亮蓝 G–250 测定可溶性蛋白质(方法略)。

四、结果计算

$$\text{GS 活力}(A\cdot mg^{-1}protein\cdot h^{-1})=\frac{A}{P\times V\times t}$$

式中：A——540nm 处的吸光值；P——粗酶液中可溶性蛋白含量(mg/ml)；V——反应体系中加入的粗酶液体积(ml)；t——反应时间(h)。

【思考题】

试讨论影响作物谷氨酰胺合成酶活力测定的因素。

实验 14 叶绿体色素的提取与分离

叶绿体色素是植物吸收太阳光能进行光合作用的重要物质，主要由叶绿素(包括叶绿素 a 和叶绿素 b)和类胡萝卜素(包括胡萝卜素和叶黄素)组成,它们与类囊体膜相结合成为色素蛋白复合体。

【实验原理】

叶绿素和类胡萝卜素都不溶于水,而溶于有机溶剂,故可用乙醇、丙酮等有机溶剂提取。提取液可用色谱分析的原理加以分离。因吸附剂对不同物质的吸附力不同,当用适当的溶剂推动时,混合物中各种成分在两相(固定相和流动相)间具有不同的分配系数,所以移动速度不同,经过一定时间后,可将各种色素分开。

【仪器与用具】

研钵,漏斗,三角瓶,剪刀,滴管,培养皿(直径 11cm),康维皿或平底短玻管,圆形滤纸(直径 11cm)。

【试 剂】

95%乙醇,石英砂,碳酸钙粉。

推动剂:按石油醚:丙酮:苯(10:2:1)比例配制(V / V)。

【材 料】

菠菜、小白菜叶片。

【方法与步骤】

一、叶绿体色素的提取

(1)取菠菜或其他植物新鲜叶片 4 ~ 5 片(2g 左右),洗净,擦干,去掉中脉剪碎,放入研钵中。

(2)研钵中加入少量石英砂及碳酸钙粉,加 2 ~ 3ml 95%乙醇,研磨至糊状,再加 10 ~ 15ml 95%乙醇,提取 35min,上清液过滤于三角瓶中,残渣用 10ml 95%乙醇冲洗,一同滤于三角瓶中。

(3)如无新鲜叶片,也可用事先制好的叶干粉提取。取新鲜叶片(以菠菜叶最好),先用 105℃杀青,再在 80℃下烘干,研成粉末,密闭贮存。用时称叶粉 2g 放入小烧杯中，加 95%乙醇 20～30ml 浸提，并随时搅动。待乙醇呈深绿色时，滤出浸提液备用。

二、叶绿体色素的分离

（1）取圆形定性滤纸一张（直径 11cm），在其中心戳一圆形小孔（直径约 3mm）另取一张滤纸条（5cm × 1.5cm），用滴管吸取乙醇叶绿体色素提取液沿纸条的长度方向涂在纸条的一边，使色素扩散的宽度限制在 0.5cm 以内，风干后，再重复操作数次，然后沿长度方向卷成纸捻，使浸过叶绿体色素溶液的一侧恰在纸捻的一端。

（2）将纸捻带有色素的一端插入圆形滤纸的小孔中，使与滤纸刚刚平齐（勿突出）。

（3）在培养皿内放一康维皿，在康维皿中央小室中加入适量的推动剂，把带有纸捻的圆形滤纸平放在康维皿上，使纸捻下端浸入推动剂中。迅速盖好培养皿。此时，推动剂借毛细管引力顺纸捻扩散至圆形滤纸上，并把叶绿体色素向四周推动，不久即可看到各种色素的同心圆环。如无康维皿，也可在培养皿中放入一平底短玻管或塑料药瓶盖，以盛装推动剂。所用培养皿底、盖直径应相同，且应略小于滤纸直径，以便将滤纸架在培养皿边缘上。

（4）当推动剂前沿接近滤纸边缘时，取出滤纸，风干，即可看到分离的各种色素：叶绿素 a 为蓝绿色，叶绿素 b 为黄绿色，叶黄素为鲜黄色，胡萝卜素为橙黄色。用铅笔标出各种色素的位置和名称。

【注意事项】

分离色素用的圆形滤纸，在中心打的小圆孔，周围必须整齐，否则分离的色素不是一个同心圆。

【思考题】

1. 用不含水的有机溶剂如无水乙醇、无水丙酮等提取植物材料特别是干材料的叶绿体色素往往效果不佳，原因何在？

2. 研磨提取叶绿素时加入 $CaCO_3$ 有什么作用？

3. 根据叶绿素 a、叶绿素 b、胡萝卜素和叶黄素的吸收光谱讨论其生理意义。

实验 15 叶绿体色素含量的测定

植物叶片呈现的颜色是叶片各种色素的综合表现，其中主要是绿色的叶绿素和黄色的类胡萝卜素两大类色素之间的比例。故熟悉在未经分离的叶绿体色素溶液中测定叶绿素 a、叶绿素 b 和类胡萝卜素的方法及其计算很有必要。

【实验原理】

根据叶绿体色素提取液对可见光谱的吸收，利用分光光度计在某一特定波长下测定其光密度，即可用公式计算出提取液中各色素的含量。

根据朗伯－比尔（Lambert–Beer）定律，某有色溶液的光密度 D 与其中溶质浓度 C 和液层厚度 L 成正比，即：

$$D=kCL \tag{15-1}$$

式中：k 为比例常数。当溶液浓度以百分浓度为单位，液层厚度为 1cm 时，k 为该物质的比吸收系数。各种有色物质溶液在不同波长下的比吸收系数可通过测定已知浓度的纯物质在不同波长下的光密度而求得。

如果溶液中有数种吸光物质，则此混合液在某一波长下的总光密度等于各组分在相应波长下光密度的总和，这就是光密度的加和性。测定叶绿体色素混合提取液中叶绿素 a、叶绿素 b 和类胡萝卜素的含量，只需测定该提取液在三个特定波长下的光密度 D，并根据叶绿素 a、叶绿素 b 及类胡萝卜素在该波长下的比吸收系数即可求出其浓度。在测定叶绿素 a、叶绿素 b 时为了排除类胡萝卜素的干扰，所用单色光的波长选择叶绿素在红光区的最大吸收峰。

已知叶绿素 a、叶绿素 b 的 80%丙酮提取液在红光区的最大吸收峰分别为 663nm 和 645nm，又知在波长 663nm 下，叶绿素 a、叶绿素 b 在该溶液中的比吸收系数分别为 82.04 和 9.27，在波长 645nm 下分别为 16.75 和 45.60，可根据加和性原则列出以下关系式：

$$D_{663}=82.04C_a+9.27C_b \tag{15-2}$$

$$D_{645}=16.75C_a+45.60C_b \tag{15-3}$$

式（15–2）、（15–3）中的 D_{663} 和 D_{645} 为叶绿素溶液在波长 663nm 和 645nm 时的光密度，C_a、C_b 分别为叶绿素 a 和叶绿素 b 的浓度，以 g/L 为单位。解方程组（15–2）、（15–3），叶绿素 a 和叶绿素 b 浓度单位转化为 mg/L，得：

$$C_a=12.72D_{663}-2.59D_{645} \tag{15-4}$$

$$C_b=22.88D_{645}-4.67D_{663} \tag{15-5}$$

将 C_a 与 C_b 相加即得叶绿素总量(C_T):

$$C_T=C_a+C_b=20.29D_{645}+8.05D_{663} \tag{15-6}$$

另外,由于叶绿素 a、叶绿素 b 在 652nm 的吸收峰相交,两者有相同的比吸收系数(均为 34.5),也可以在此波长下测定一次光密度(D_{652})而求出叶绿素 a、叶绿素 b 总量:

$$C_T=\frac{D_{652}\times 1000}{34.5} \tag{15-7}$$

在有叶绿素存在的条件下,用分光光度法可同时测定出溶液中类胡萝卜素的含量。

Lichtenthaler 等对 Arnon 法进行了修正,提出了 80%丙酮提取液中三种色素含量的计算公式:

$$C_a=12.21D_{663}-2.81D_{646} \tag{15-8}$$

$$C_b=20.13D_{646}-5.03D_{663} \tag{15-9}$$

$$C_{x\cdot c}=\frac{1000D_{470}-3.27C_a-104C_b}{229} \tag{15-10}$$

式中:C_a、C_b 分别为叶绿素 a 和叶绿素 b 的浓度;$Cx\cdot c$ 为类胡萝卜素的总浓度;D_{663}、D_{646} 和 D_{470} 分别为叶绿体色素提取液在波长 663nm、646nm 和 470nm 下的光密度。

由于叶绿体色素在不同溶剂中的吸收光谱有差异,因此,在使用其他溶剂提取色素时,计算公式也有所不同。叶绿素 a、叶绿素 b 在 95%乙醇中最大吸收峰的波长分别为 665nm 和 649nm,类胡萝卜素为 470nm,可据此列出以下关系式:

$$C_a=13.95D_{665}-6.88D_{649} \tag{15-11}$$

$$C_b=24.96D_{649}-7.32D_{665} \tag{15-12}$$

$$C_{x\cdot c}=\frac{1000D_{470}-2.05C_a-114.8C_b}{245} \tag{15-13}$$

【仪器与用具】

分光光度计,研钵,剪刀,玻棒,棕色容量瓶,小漏斗,定量滤纸,吸水纸,擦镜纸,滴管,电子顶载天平(1/100g 感量)。

【试　剂】

80%丙酮(或 95%乙醇),石英砂,碳酸钙粉。

【材　料】

油菜或小麦叶片。

【方法与步骤】

(1)取新鲜植物叶片(或其他绿色组织)或干材料,擦净组织表面污物,剪碎(去掉中脉),混匀。

(2)称取剪碎的新鲜样品 0.5g 1 份(可称 3 份),放入研钵中,加少量石英砂和碳酸钙粉及 2 ~ 3ml 纯丙酮研成匀浆,再加 80%丙酮 10ml,继续研磨至组织变白,静置 3 ~ 5min。

(3)取滤纸 1 张,置漏斗中,用丙酮湿润,沿玻棒把提取液倒入漏斗中,过滤到 50ml 棕色容量瓶中,用少量丙酮冲洗研钵、研棒及残渣数次,最后连同残渣一起倒入漏斗中。

(4)用滴管吸取丙酮,将滤纸上的叶绿体色素全部洗入容量瓶中,直至滤纸和残渣中无绿色为止。最后用丙酮定容至 50ml,摇匀。

(5)把叶绿体色素提取液倒入比色杯内。以 80%丙酮为空白,在波长 663nm、646nm 和 470nm 下测定光密度(如用乙醇提取,波长应调整)。

(6)按公式(15-8)、(15-9)、(15-10)分别计算叶绿素 a、叶绿素 b 和类胡萝卜素的浓度(mg/L),(15-8)、(15-9)式相加即得叶绿素总浓度。

(7)求得色素的浓度后再按下式计算组织中各色素的含量(用 mg/g 鲜质量或干质量表示):

$$\text{叶绿体色素含量(mg/g)}=\frac{C\times V\times N}{W} \tag{15-14}$$

式中:C 为色素含量(mg/L);V 为提取液体积(ml);N 为稀释倍数;W 为样品鲜质量或干质量(g),

【注意事项】

(1)为了避免叶绿素的光分解,操作时应在弱光下进行,研磨时间应尽量短些。

(2)用分光光度计法测定叶绿素含量,对分光光度计的波长精确度要求较高。如果波长与原吸收峰波长相差 1nm,则叶绿素 a 的测定误差为 2%,叶绿素 b 为 19%,使用前必须对分光光度计的波长进行校正。校正方法除按仪器说明书外,还应以纯的叶绿素 a 和叶绿素 b 来校正。

【思考题】

1. 叶绿素 a、叶绿素 b 在蓝光区也有吸收峰,能否用这一吸收峰波长进行叶绿素 a、叶绿素 b 的定量分析?为什么?

2. 为什么提取叶绿素时干材料一定要用 80%的丙酮,而新鲜的材料可以用无水丙酮提取?

实验 16 植物叶面积的测定

植物的生长与叶面积密切相关，一方面叶面积的大小影响了植物的光合物质积累，另一方面植物的生长又可通过叶面积的变化得到体现，因此测定植物的叶面积对于植物的生长生理、光合生理和逆境生理具有重要的意义。

【实验原理】

目前市场上已有比较先进的叶面积仪可以非常迅速地测定植物的叶面积，如 Li-Cor 公司的 Li-3000A、Li-3100 型叶面积仪、CID 公司的 CI-202、CI-203 型叶面积仪可以同时测定叶面积、长度、宽度、周长以及叶片的长宽比和形状因子。没有条件的实验室也可以通过测量、称质量等比较简单的方法得到上述指标，下面介绍简易方法。

【仪器与用具】

直尺，剪刀，复印纸，电子天平，塑料胶带。

【材　料】

玉米或其他植物叶片。

【方法与步骤】

(1)从叶片基部用剪刀小心剪取 10 片叶片。

(2)用直尺量取每一片叶的最长处为叶长、最宽处为叶宽，记录下来。

(3)将叶片用少量胶带小心固定在复印纸上，用铅笔沿叶缘将叶片形状描下来。

(4)小心撕下胶带，取下叶片，用剪刀沿铅笔线将叶片形状剪下来。

(5)将剪下的复印纸在电子天平上称质量，记下质量。

(6)取面积一定的相同型号的复印纸，如 B_5 复印纸面积是 182mm × 257mm，A_4 复印纸面积是 210 × mm × 297mm，称质量。然后换算出每克质量所对应的纸面积(一般复印纸的规格上标明每平方米的质量，如每平方米 70g，但实验时需进行精确测定)。

(7)用剪下来的复印纸的质量换算出面积数，即每片叶的面积。

(8)用每片叶的面积除以其长度与宽度的乘积，可以得到一个小于 1 的系数，该常数与叶片的形状有关，对于同一种植物来说基本一样(如玉米和小麦一般为

0.75)，称为形状系数或校正因子，计算10片叶子的形状系数，算出其平均值。

(9)在以后的测定中，可以只用直尺测该种植物叶片的长和宽，二者的乘积乘以形状系数，即为叶面积。

(10)测定形状不规则叶片的叶面积可按照上述(1)、(3)、(4)、(5)、(6)、(7)步骤操作。

(11)测量出叶片的长和宽，计算出其长宽比和形状系数，计算出叶面积并与实测叶面积进行比较。

【思考题】

1. 本实验须注意哪些方面，你可以用其他方法测出叶面积吗？
2. 测量并计算出一些常见植物叶片的形状系数。

实验 17 核酮糖 -1,5- 二磷酸羧化酶活性的测定

核酮糖 -1,5- 二磷酸羧化酶(RuBPCase)是光合作用碳代谢中重要的调节酶,是植物中最丰富的蛋白质,主要存在于叶绿体的可溶部分,总量约占叶绿体可溶蛋白 50% ~ 60%。本实验用分光光度法测定酶的羧化能力。

【实验原理】

在 RuBPCase 的催化下,1 分子的核酮糖 -1,5- 二磷酸 (RuBP) 与 1 分子的 CO_2 结合,产生 2 分子的 3- 磷酸甘油酸(PGA),PGA 可通过外加的 3- 磷酸甘油酸激酶和甘油醛 -3- 磷酸脱氢酶的作用,产生甘油醛 -3- 磷酸,并使还原型辅酶 I (NADH)氧化。因此,由辅酶 I 氧化的量就可计算 RuBPCase 的活性,由 340nm 吸光度的变化可计算还原型辅酶 I 氧化的量。为了使 NADH 的氧化与 CO_2 的固定同步,从而需要加入磷酸肌酸(Cr ~ P)和磷酸肌酸激酶的 ATP 再生系统。

【仪器与用具】

紫外分光光度计,冷冻离心机,匀浆器,移液管,秒表。

【试 剂】

5mmol/LNADH;25mmol/LRuBP;0.2mol/L$NaHCO_3$;

RuBPCase 提取介质:40mmol/L(pH7.6)Tris-HCl 缓冲溶液(内含 10mmol/L$MgCl_2$、0.25mmol/LEDTA、5mmol/L 谷胱甘肽);

反应介质:100mmol/LTris-HCl 缓冲液(内含 12mmol/L$MgCl_2$ 和 0.4mmol/L EDTA-Na_2,pH7.8);

160U/ml 磷酸肌酸激酶溶液;160U/ml 甘油醛 -3- 磷酸脱氢酶溶液;50mmol/LATP;50mmol/L 磷酸肌酸;160U/ml 磷酸甘油酸激酶溶液;菠菜的 RuBPCase 提取液。

【材 料】

菠菜叶片。

【方法与步骤】

一. 酶粗提液的制备

取新鲜菠菜叶片 10g，洗净擦干，放匀浆器中，加入 10ml 预冷的提取介质，高速匀浆 30s，停 30s，交替进行 3 次；匀浆经 4 层纱布过滤，滤液于 10000r/min4℃下离心 15min，弃沉淀；上清液即酶粗提取液，置 0℃保存备用。

二. RuBPCase 活力测定

按表 17-1 配制酶反应体系。

表 17-1　RuBPCase 活力测定体系的成分及加入量

试剂	加入量(ml)	试剂	加入量(ml)
5mmol/L NADP	0.2	酶提取液	0.1
50mmol/L ATP	0.2	160U/ml 肌酸磷酸激酶	0.1
50mmol/L Cr～P	0.2	160U/ml 甘油酸磷酸激酶	0.1
0.2mol/L $NaHCO_3$	0.2	160U/ml 甘油醛磷酸脱氢酶	0.1
反应介质	1.4	蒸馏水	0.3

三. 比　色

将配制好的反应体系摇匀，倒入比色杯内，以蒸馏水为空白，在紫外分光光度计上 340nm 处反应体系的吸光度作为零点值。将 0.1ml RuBP 加于比色杯内，并马上计时，每隔 30s 测一次吸光度，共测 3min。以零点到第 1min 内吸光度下降的绝对值计算酶活力。由于酶提取液中可能存在 PGA，会使酶活力测定产生误差，因此除上述测定外还需做一个不加 RuBP 的对照。对照的反应体系与上述酶反应体系完全相同，不同之处只是把酶提取液放在最后加，加后马上测定此反应体系在 340nm 处的吸光度，并记录前 1min 内吸光度的变化量，计算酶活力时应减去这一变化量。

四. 结果计算

$$\text{RuBPCase 的酶活力}(\mu mol ml^{-1}\cdot min^{-1})=\frac{\Delta A\times N\times 10}{6.22\times 2\times d\times \Delta t}$$

式中：酶活力为每 min 每 ml 酶液固定 CO_2μmol 数；ΔA——反应最初 1min 内 340nm 处吸光度变化的绝对值（减去对照液最初 1min 的变化量）；N——稀释倍数；6.22——每 μmolNADH 在 340nm 处的吸光系数；2——表示每固定 1molCO_2 有 2molNADH 被氧化；Δt——测定时间为 1min；d——比色光程（cm）。

【思考题】

1. 简述 RuBPCase 在光合作用中的生物学意义？
2. 为什么加入 ATP 再生系统就可使 NADH 氧化与 CO_2 的固定同步？

实验 18 乙醇酸氧化酶活性的测定

乙醇酸氧化酶是以黄素单核甘酸(FMN)为辅基的氧化酶,它是植物光呼吸中一个有代表性的酶。因此,了解测定乙醇酸氧化酶活性的方法很有必要。

【实验原理】

乙醇酸氧化酶在光呼吸作用中起重要的作用,在它的作用下将乙醇酸氧化生成乙醛酸和过氧化氢,反应如下所示:

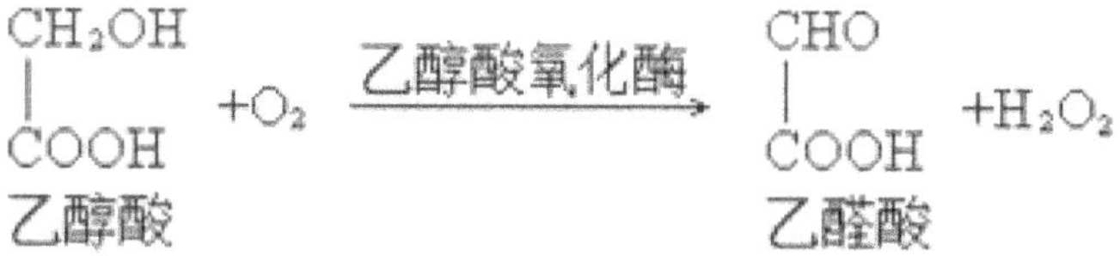

如果我们以二氯靛酚作为氢受体,接受乙醇酸氧化时脱下的 1-1^{+},使二氯靛酚还原,此时原来为蓝色的染料则褪至无色。

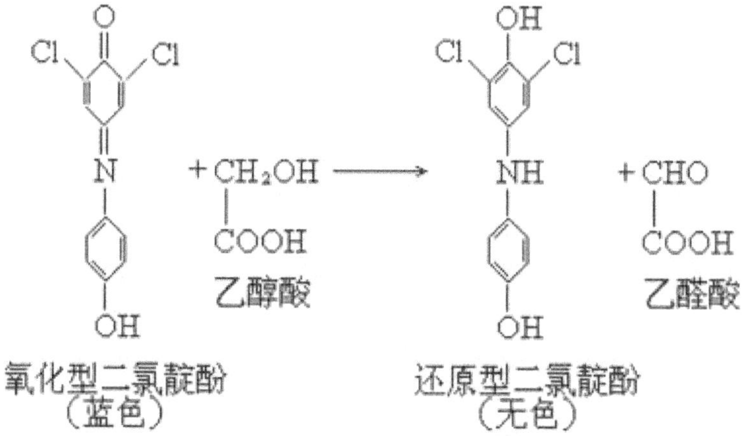

利用染料颜色的变化,即可对酶的活性进行比色测定。由于在酶的粗制品中还含有靛酚氧化酶,它能使二氯靛酚氧化,影响比色测定。KCN 能抑制靛酚氧化酶而对乙醇酸氧化酶没有作用,KCN 用量需要预先试验确定。

【仪器与用具】

分光光度计,离心机,磁力搅拌器,天平,研钵,试管架,移液管,漏斗,烧杯,试管,纱布。

【试 剂】

10%醋酸，硫酸铵，0.1%2，6- 二氯靛酚，0.1mol/L 磷酸钾缓冲液（pH8.0，见附录），0.02mol/L 磷酸钾缓冲液（先配 0.02mol/L K_2HPO_4，然后用 0.02mol/L KH_2PO_4 调至 pH8.0），0.04mol/L 乙醇酸钾（称取 304mg 乙醇酸用氢氧化钾中和，然后用蒸馏水定容至 100ml），0.01mol/L KCN（称取 65mg KCN 溶于 100mL 0.01mol/L NH_4OH 中）（注意：KCN 有剧毒）

【材 料】

新鲜菠菜叶片。

【方法与步骤】

一、酶粗制品的准备

取新鲜菠菜叶，用自来水洗净，吸水纸吸干，称取 30g，加 30 ~ 60ml 蒸馏水，在 0 ~ 5℃下研磨，经 4 层纱布过滤，滤液用 1000r/min 离心 15min，充去沉淀。然后用 10%醋酸调节 pH 至 5.4，用 4000r/min 离心 15min，除去蛋白质沉淀。于上清液中加硫酸铵，使之达到 20%饱和度，在磁力搅拌器上边加边不停地搅动 30min，离心除去沉淀，于上清液中再加入硫酸铵，使之达到 30%饱和度，离心 20min，沉淀即为酶的粗制品。用少量 0.02mol/L 磷酸钾缓冲液（pH8.0）溶解，使其体积为开始时提取液体积的 1/10，保存于冰箱中，待测。

二、酶活性的测定

取一试管加入 0.6 ~ 0.8ml 0.01mol/L KCN、0.5ml 0.04mol/L 乙醇酸钾、0.5ml 稀释 5 ~ 10 倍的酶液，加 0.1mol/L 磷酸钾缓冲液使体积达 3.7ml，最后加入 0.3ml 二氯靛酚染料，使其总体积为 4ml，迅速混匀倒入光径为 1cm 的比色杯中，于 620nm 读取吸光度值。另取比色杯不加染料以缓冲液代之，作为空白调零用。

加入染料 1min 后开始读数，每隔 30s 读数一次，大约在 3 ~ 4min 内吸光度值呈直线下降。

三、计 算

以每分钟使 620nm 吸光度值下降 0.01 所需的酶量定为 1 个酶活性单位，也可以用每分钟使 620nm 吸光度值下降 0.01 所需的材料鲜质量表示酶的活性。此方法可以分析酶活力为 1 ~ 15 单位。

【思考题】

1. C_3 植物和 C_4 植物乙醇酸氧化酶活性有无差异？
2. 乙醇酸氧化酶在光呼吸中有何生理意义？

实验 19　改良半叶法测定植物叶片光合强度

植物光合强度是以光合速率作为衡量指标的。光合速率通常是指单位时间、单位叶面积的CO_2吸收量或O_2的释放量或干物质的积累量。

【实验原理】

改良半叶法是将植物对称叶片的一部分遮光或取下置于暗处，另一部分则留在光下进行光合作用，过一定时间后，在这两部分叶片的对应部位取同等面积，分别烘干称质量。因为对称叶片的两对应部位的等面积的干质量开始时被视为相等，照光后叶片质量超过暗中的叶片质量，超过部分即为光合作用产物的产量，通过一定的计算可得到光合作用强度。

【仪器与用具】

分析天平，烘箱，剪刀，称量皿，刀片，金属模板，纱布，锡纸等。

【试　剂】

三氯乙酸。

【材　料】

小麦、水稻等作物。

【方法与步骤】

一、选择测定样品

在田间选定有代表性植株叶片（如叶片在植株上的部位、叶龄、受光条件等）20 张，用小纸牌编号。

二、叶片基部处理

为了不使选定叶片中光合作用产物往外运，而影响测定结果的准确性，可采用下列方法进行处理。

（1）可将叶片输导系统的韧皮部破坏。如棉花等双子叶植物的叶片，可用刀片将叶柄的外皮环割约 0.5cm 宽。

（2）如果是小麦、水稻等单子叶植物，由于韧皮部和木质部难以分开处理，可用刚在开水中浸过的纱布或棉花做成的夹子，将叶子基部烫伤一小段即可（一般用 90℃以上的开水烫 20s）。

(3)由于棉花叶柄木质化程度低，叶柄易被折断。可改用化学方法来环割，选用适当浓度的三氯乙酸，点涂叶柄以阻止光合产物的输出。三氯乙酸是一种强烈的蛋白质沉淀剂，渗入叶柄后可将筛管生活细胞杀死，而起到阻止有机养料运输的作用。三氯乙酸的浓度，视叶的幼嫩程度而异。一般使用 5%三氯乙酸。为了使烫后或环割等处理后的叶片不致下垂，影响叶片的自然生长角度，可用锡纸或塑料管包围之。使叶片保持原来着生角度。

三、剪取样品

叶基部处理完毕后，即可剪取样品，记录时间，开始光合作用测定。一般按编号次序分别剪下对称叶片的一半（主脉不剪下），按编号顺序夹于湿润的纱布中，贮于暗处。过 4～5h 后，再依次剪下另外半叶，同样按编号夹于湿润纱布中，两次剪叶的速度应尽量保持一致，使各叶片经历相等的照光时数。

四、称质量比较

将各同号叶片之两半按对应部位叠在一起，在无粗叶脉处放上已知面积的金属模板，用刀片沿边切下两个叶块，分别置于照光及暗中的两个称量皿中，80～90℃下烘至恒质量（约 5h），在分析天平上称质量比较。

五、计算结果

叶片干质量差之和（mg）除以叶面积（换算成 dm^2，$1dm^2=100cm^2$）及照光时数，即得光合作用强度，以干物质计，$mg/(dm^2 \cdot h)$表示之。

计算公式如下：

$$光合作用强度=\frac{干质量增加总数(mg)}{切取叶面总和(dm^2)\times 照光时数(h)}$$

由于叶内贮存的光合产物一般为蔗糖和淀粉等，可将干物质质量乘系数 1.5，得二氧化碳同化量，单位为 $mg/(dm^2 \cdot h)$。

【思考题】

1. 影响本实验结果的因素有哪些？
2. 与其他测定光合强度的方法相比，本方法有何优缺点？

实验 20 氧电极法测定植物组织的光合速率与呼吸速率

氧电极是为测定水中溶解氧含量而设计的一种极谱电极。目前通用的是薄膜氧电极，又称 Clark 电极，由镶嵌在绝缘材料上的银极（阳极）和铂极（阴极）构成，电极表面覆盖一层厚约 20～25μm 的聚四氟乙烯薄膜，电极和薄膜之间充以 KCl 溶液作为支持电解质。由于水中溶解氧能透过薄膜而电解质不能透过，因而排除了被测溶液中各种离子电极反应的干扰，成为测定溶解氧的专用电极。氧电极具有灵敏度高，反应快、可连续测量记录，能够追踪反应的动态变化过程等特点，因而在叶绿体及线粒体悬浮液的光合放氧和呼吸耗氧、某些耗氧或放氧的酶促反应、以及叶碎块或游离叶细胞的光合放氧等研究上都得到了广泛的应用。

【实验原理】

氧电极法测定水中溶解氧属于极谱分析的一种类型。当两极间外加的极化电压超过氧分子的分解电压时，透过薄膜进入 KCl 溶液的溶解氧便在铂极上还原：

$$O_2+2H_2O+4e^-=4OH^-$$

银极上则发生银的氧化反应：

$$4Ag+4Cl^-=4AgCl+4e^-$$

此时电极间产生扩散电流。此电流与透过膜的氧量成正比，电极间产生的扩散电流信号可通过电极控制器的电路转换成电压输出，用自动记录仪进行记录，再换算成氧量。

【仪器与用具】

用氧电极法测定溶解氧的专用仪器国内外均有定型产品。现将 YSI-53 型生物氧监测仪的主要部件及其所需其它部件介绍如下。

（1）电极控制器：其主要作用是给电极提供极化电压，给电磁搅拌器提供工作电压，将电极电流转换成适当大小的电压输出并通过记录仪进行记录。

（2）电磁搅拌器：由电极控制器控制。当打开控制器电源开关时，电磁搅拌器的磁棒即开始转动，带动其上反应杯中的磁性搅块转动，从而搅拌反应液。

（3）标准浴器及电极固定器件：安装在电磁搅拌器的上方，水浴中装有进出水口，可与超级恒温水浴相连。标准浴器上方的盖上有四个插孔，可插入并固定四个反应杯，供盛放待测样品溶液，插入电极进行测定。

(4)电极:为银－铂电极,装膜后被固定在一有机玻璃外套中,电极套下端稍有倾斜,使插入反应杯时能将气泡集中于一侧,并通过位于该侧与纵轴平行的沟槽排出。

(5)装膜器:可保证安装在电极上的薄膜无皱褶。

(6)自动记录仪:根据不同类型控制器改变量程。

(7)超级恒温水浴:提供循环恒温水以控制反应杯温度。

(8)光源:可用幻灯机聚光灯泡,于灯前放置方型玻璃缸,盛水以隔热,再于缸后放一聚光透镜聚光于反应杯上,使光强大于 900μmol·m^{-2}·s^{-1}。

【试　剂】

0.5mol/L KCl 溶液,0.1mol/L 磷酸缓冲液(pH6.8),0.1mol/L 碳酸氢钠溶液。

【材　料】

菠菜或蚕豆等植物的功能叶片。

【方法与步骤】

一、仪器安装

(1)将四个玻璃反应杯插入标准浴器上部四个孔中,分别罩以两个橡胶“O”型环和尼龙固定器,转动并固定在不锈钢螺栓下。

(2)将浴器线头和记录仪终端插在电极控制器后部的插座中。

(3)用乳胶管连接标准浴器和超级水浴(恒温水流应从下口进入)。

(4)用蒸馏水灌满恒温水浴并调到要求温度。

(5)用装膜器把聚乙烯薄膜装到电极上。装上的膜应平整、无皱褶,膜下无气泡。然后将电极插入电极控制器后部的塞孔中。

二、调　试

(1)检查各部件之间连接是否正确。

(2)接通电源并使水浴达到要求的温度。

(3)关闭电极控制器电源时检查仪表的机械零点。

(4)打开控制器电源并放松磁力搅拌制动器,把选择开关旋到 AMP 零位档。

(5)将 3ml 空气饱和的蒸馏水和一个磁力搅块放入样品管,等待 3min 使温度平衡。

(6)制动磁块后,把电极插入样品管中,从狭槽中排出全部空气,然后放松磁块制动器。

(7)调整 AMP 零位使仪表指针指零。

(8)调整记录仪指针指零。

(9)将选择开关旋到“空气”档,电极开关旋到“电极 Ⅰ”,调整“电极 Ⅰ”调节螺栓使仪表达满度。

(10)调整电极控制器后部“记录仪调整”档,使记录仪指针达满度。

(11) 从记录仪图录上观察系统稳定性，图录应无噪音,15min 内漂移不大于 0.5%。

三、电极的标定及结果计算

通常用在一定温度和大气压下被空气饱和的水中氧含量进行标定。空气饱和水中氧的含量可由表 20–1 查出。向反应杯中加入 3ml 蒸馏水,放松搅拌制动器,搅拌 5min 左右,使之充分被空气饱和。然后插入电极,将选择开关旋到“空气”档,按前述调试步骤 9 及 10 调节使表头及记录仪均达到满度。此时,可根据当时水温查出溶氧量。例如,若水温为 25℃,由表中查得饱和溶氧量为 0.253μmol/ml,所以 3ml 水中的总含氧量为 $3 \times 0.253 = 0.759$μmol，记录纸上每格代表的含氧量为 0.759/100＝0.00759μmol/ 格。在正式测定时,若加入 3ml 反应液并经温度平衡后,记录仪指针指在第 92 格,经过 5min 反应后,指针移到第 66 格,则溶液中含氧量降低值为$(92-66) \times 0.00759 = 0.197$μmol,此即 5min 内的实际耗氧量。

表 20–1　不同温度下水中氧的饱和溶解度

温度(℃)	O_2(μg/ml)	O_2(μmol/ml)
0	14.16	0.442
5	12.37	0.386
10	10.92	0.341
15	9.76	0.305
20	8.84	0.276
25	8.11	0.253
30	7.52	0.230
35	7.02	0.219

四、光合速率与呼吸速率的测定

1. 材料准备

取菠菜或蚕豆等植物的功能叶,切成 1cm² 大小的叶块,放在注射器中加水抽气,使叶肉细胞间隙内的空气排出。然后取出一块再切成 1mm × 1mm 的小块。

2. 呼吸速率测定

按上述步骤调好仪器后，用蒸馏水洗净反应杯，加入 3ml 0.1mol/L 磷酸缓冲液,将总面积为 1cm² 的小块移入反应杯,电极插入反应杯,注意电极下面不得有气泡。开启电磁搅拌器和恒温水浴,经 3 ~ 4min,温度达到平衡,用黑布遮住反应杯,开启记录仪,调好走纸速度,待信号稳定后,落下记录笔开始记录。记录笔向左移动约 10 格即可停止记录。

3. 光合速率测定

测定完呼吸速率后,去掉反应杯上的黑罩,打开光源,灯光应通过盛满冷水的玻璃缸再照射到反应杯上以隔热。照光 3 ~ 5min 后,由于叶片进行光合作用,溶液中溶氧增加,记录笔逐渐向右移动,待信号稳定后,落下记录笔进行记录,记录笔移动约 10 格即可停止记录。可按照呼吸—光合—呼吸—光合的顺序重复 3 次。无须更换样品,但测定时间不能太长。

4. 结果计算

$$CO_2\text{的呼吸强度}[CO_2mg/(dm^2\cdot h)]=\frac{a\times\Lambda^{1}\times100\times60}{(A\times t)}\times\frac{44}{1000}$$

$$CO_2\text{的光合强度}[CO_2mg/(dm^2\cdot h)]=\frac{a\times\Lambda^{2}\times100\times60}{(A\times t)}\times\frac{44}{1000}$$

式中:**a**——记录纸每小格代表的氧量(μmol),根据灵敏度标定求得;**A**——叶面积(dm^2);**t**——测定时间(min),即记录纸走纸距离(mm)/ 笔速(mm/min);44/1000——氧气的 μmol 换算为二氧化碳的 mg;n_1——测定呼吸速率时记录笔向左走的小格数;n_2——测定光合速率时记录笔向右走的小格数。

【注意事项】

(1)氧电极对温度变化非常敏感,测定时需要维持温度恒定。

(2)样品管中不应有气泡,否则会造成指针不稳,记录线扭曲。

(3)由黑暗转入照光后,光合作用有一段滞后期,需延迟数分钟才开始放氧。

(4)电极使用一段时间后,会发生污染,灵敏度下降,可用 1:1 稀释后的氨水清洗 10 ~ 60s,然后用蒸馏水清洗干净。

(5)所用膜必须无洞、无皱褶,并不能用手接触。为避免经常灌充 KCl 溶液,不用时可把电极头放在蒸馏水中,以防止膜内水分蒸发引起 KCl 沉淀。

(6)注意洗净样品管以消除遗留在样品溶液中的霉菌或细菌的影响。

【思考题】

用氧电极法测定植物组织光合速率与呼吸速率时,为何必须不断搅拌溶液?如果停止搅拌将会出现怎样的现象?如果搅拌速度不均匀将出现什么情况?

实验 21 红外线 CO_2 气体分析仪法测定植物光合速率与呼吸速率

许多由异原子组成的气体分子对红外线都有特异的吸收带。CO_2 的红外吸收带有 4 处，其吸收峰分别在 2.69μm、2.77μm、4.26μm 和 14.99μm 处，其中只有 4.26μm 的吸收带不与 H_2O 的吸收带重叠，红外仪内设置仅让 4.26μm 红外光通过的滤光片，当该波长的红外光经过含有 CO_2 的气体时，能量就因 CO_2 的吸收而降低，降低的多少与 CO_2 的浓度有关，并服从朗伯－比尔定律。分别供给红外仪含与不含 CO_2 的气体，红外仪的检测器便可通过检测红外光能量的变化而输出反映 CO_2 浓度的电讯号。

Ⅰ.密闭系统斜率法

【实验原理】

把 IRGA 与光合作用同化室连接成密闭的气路系统。将植物材料密封在透明的同化室内，给以适当的光照，同化室内 CO_2 浓度将因植物光合而下降，用 IRGA 配以适当的记录仪可绘出同化室内 CO_2 浓度随光合时间下降的曲线。在同化室不漏气、光强度稳定、室内空气不断得到搅动的情况下，该曲线将是一条平滑曲线，在曲线的任一点作切线，即可根据切线的斜率，密闭系统的容积和同化室面积求出在该点的 CO_2 浓度下的光合速率。

【仪器与用具】

密闭气路光合测定装置：将 QGD-07 型红外线 CO_2 气体分析仪、XWT-264 型自动记录仪、MXQ 型气体取样器、光合作用同化室、温度转换器（测温探头可放在同化室内，输出信号接记录仪）或半导体点温计、橡皮管（内径 6~7mm）、塑料气球，按要求连接成套，放在一辆医用小推车上。

量子辐射照度计，叶面积仪，铁架台（带试管夹），5.0～50℃温度计（用以校正叶室温度），剪刀，带盖搪瓷盘，纱布。

【试 剂】

无水氯化钙（或无水硫酸钙），烧碱石棉（10 目）或碱石灰。

【材 料】

植物叶片。

【方法与步骤】

一、安装仪器

(1)将安装好的密闭气路光合测定装置安放在靠待测植株1~2m处，接通红外仪、记录仪、取样器、温度转换器的供电电源。打开红外仪电源开关预热1~2h，红外仪量程开关置于I档（$0\sim500\times10^{-6}$）。把红外仪和温度转换器的信号输出与记录仪的两个信号输入接线柱用导线接通。旋转记录仪第一支笔量程选择开关于10mV位置(与红外仪输出信号电压匹配)，旋转记录仪第二支笔量程选择开关于2V位置(与温度转换器输出温度0~50℃信号电压匹配)。

(2)打开取样器顶部面板，取出过滤管装满烧碱石棉复原，取出干燥管装满无水氯化钙后复原，取下连接取样器的气球，用口吹气到半饱和后复原。

(3)将同化室用试管夹固定在铁架台上，置待测植株前。

二、调、校仪器

(1)红外仪预热完毕后，开启记录仪电源开关、记录仪信号输入开关和取样器前面板上的气泵开关，将取样器F_1旋钮置“零气”位置，F_2旋钮置“测量”位置，开始调整红外仪的零点(此时，无CO_2无水分的零气循环经过红外仪)，约1~2min，调节红外仪的调零旋钮使指针稳定在“0”点位置，稳定后，调节记录仪第一支笔的“调零”旋钮使记录笔到零点位置，红外仪调零完毕。

(2)拔下红外仪进气口处的橡皮管，改接CO_2标准气(已知准确CO_2浓度)钢瓶，出口放空，让标准气流经红外仪分析气室(流量以1L/min左右为宜)开始校正，此时红外仪指针应指在标准气浓度所对应的刻度(μA值)上，否则可调节红外仪“校正”旋钮，校正完毕后恢复原气路。

(3)把玻璃温度计感温端与叶室内的温度转换器探头放在一起(注意遮荫)，从玻璃温度计上读出温度，迅速旋转记录仪第二支笔的调零旋钮，使记录笔置该温度所对应的位置，校正温度。

三、测 定

(1)旋转取样器面板上F_1旋钮至“测量”位置，把植物叶片平展放入同化室后关闭同化室(注意勿让操作者的呼吸气进入叶室)，开启叶室风扇。观察记录笔开始左移时，迅速旋转记录仪“走纸变速”开关至合适档(以所划曲线45° 角为宜)，开始记录CO_2浓度变化(此时记录笔应从350×10^{-6}左右开始记录)和温度变化，用铅笔在记录纸上记下所测叶片的编号、走纸速度，用量子辐射照度计测量所测叶片的受光强度(光子通量密度)并记录，待记录笔左移至310×10^{-6}左右时，关闭走纸开关，停止记录，第 1 次测定完毕。

(2)旋转取样器面板上的 F_2 旋钮至“补充”位置后，迅速复原，让气球内的高浓度 CO_2 气进入同化室以补充 CO_2 浓度至 350×10^{-6} 左右，观察记录笔左移后迅速开启走纸开关，进行第 2 次重复测定，测量光照强度并记录，当记录笔左移至 310×10^{-6} 左右时，关闭走纸开关，第 2 次重复测定完毕。如此再进行第 3 次重复测定。

(3)3 次重复测定完毕后，关闭同化室内风扇，用记号笔在叶片的叶室内外相交处作标记，打开叶室，剪下叶片的测定部分，用纸牌编号后包在湿纱布内并放置于带盖搪瓷盘内，待测叶面积。然后再测定第 2 张叶片的光合速率。

(4)测定结束后，用叶面积仪测定各叶片面积(如有便携式叶面积仪，可在测定光合后，立即测出叶面积)。

四、计 算

$$P_n=\frac{V\times R}{S\times22.4\times60}\times\frac{273}{273+t}\times\frac{P}{0.1013}$$

式中：P_n 为净光合速率[μmol/($m^2\cdot s$)]，V 为系统容积(L)，R 为 P 点的 CO_2 浓度变化率($\times10^{-6}$/min)，S 为叶面积(m^2)，P 为气压(MPa)，t 为同化室内温度(℃)。计算出同一叶片 3 次重复的光合速率后，求其平均值可作为该叶片的净光合速率。

II. 密闭系统落差法

【实验原理】

在密闭的系统中，由于同化室中的叶片进行光合作用后，系统中的 CO_2 浓度不断下降，可用单位时间内同化室中 CO_2 浓度的减少量或 CO_2 浓度减少一定量所需的时间，根据叶片面积和同化室体积，计算光合速率。

【仪器与用具】

GXH-305 型红外线 CO_2 气体分析仪，电子秒表，同化室(根据需要自制，内装两个小风扇和一个测定温度的传感器)，量子辐射照度计。

【试 剂】

烧碱石棉或碱石灰。

【材 料】

植物叶片。

【方法与步骤】

(1)按要求将气路系统的各部分连接起来。

(2)接通电源,打开红外仪电源预热 1 ~ 2h,打开气泵电源,旋转零气调节开关至“零点”上,此时红外仪通入无 CO_2 气体,调节红外仪“调零”旋钮,显示在“零点”位置,并观察零点的稳定性。

(3)将待测叶片放入同化室,密闭后开启同化室内的风扇,当 CO_2 浓度稳定下降时,开始测定,读取开始的 CO_2 浓度值 C_1,开始计时,CO_2 下降至 C_2(约下降 20×10^{-6} ~ 30×10^{-6}),终止计时,记录 C_1、C_2、Δt(或确定从测定开始到结束所需时间),并同时用照度计测定光照强度,测定叶室内的温度。一次测定完成之后,向同化室内补充 CO_2,进行重复测定。测定结束,用叶面积仪测量叶片的面积。

(4)计算光合速率。

$$P_n=\frac{\Delta C\times V}{\Delta t\times S\times 22.4}\times\frac{273}{273+t}\times\frac{P}{0.1013}$$

上式中:P_n——光合速率(单位 μmd·m^2·s^{-1});ΔC——CO_2 浓度落差 C_1—C_2($\times10^{-6}$);Δ_t——测定时间(s);S——叶片面积(m^2);V——同化室(包括气路系统)体积(L);t——同化室的温度(℃);P——大气压(MPa)。密闭气路落差法测定装置除了进行光合速率测定外,也能够进行呼吸速率、CO_2– 光合速率曲线的测定。测定步骤同光合速率测定方法。更换群体同化箱,可以进行群体光合速率的测定,测定步骤略。

【思考题】

在光合速率的测定过程中,哪些步骤容易出现误差?应怎样避免?

实验 22　TPS-1 便携式光合作用系统测定光合速率、呼吸速率和蒸腾速率

TPS-1 便携式光合作用测定系统是一个可以同时测定植物叶片的 CO_2 同化作用(光合和呼吸)和蒸腾作用的系统，它具有 IRGS-1 光合系统的大部分功能，但操作更简单。并可与计算机相连，进行数据的处理和贮存。

TPS 系统提供一个通用叶室，可以用于各种叶片、芽和果实的测定。配置了光源和一系列透光度不同的遮光板，用户可以在不同强度的光下进行光响应的测定。

【实验原理】

TPS 为开放式气路。叶片放在一个带有一个可照光窗口的完全密闭的叶室中，经过叶室的气体流量，以及进入叶室气体中的 CO_2 和水汽浓度(参比气)与流出叶室气体中的 CO_2 和水汽浓度(分析气)被测定。为了测定 CO_2/ 水汽，在 TPS 系统中有一个单气室 CO_2 和水汽分析仪与参比气和分析气的转换开关。根据气体的流量速率和 CO_2/ 水汽浓度的变化计算出同化速率和蒸腾速率。

【仪器与用具】

TPS-1 便携式光合仪。

【材　料】

待测植物叶片。

【方法与步骤】

一、启动前

打开 TPS 前，请进行以下检查。

(1)如果 TPS 与叶室连用，在打开电源之前要确定叶室与 TPS 是否正确连接，如果正确连接，开机后 TPS 会自动检测。

(2)检查吸收管中的化学试剂，必要时应更换。

二、操作步骤

(1)打开 TPS 电源，大约 7s 后显示主菜单

1 REC	2 CAL	3 DMP
4 CLR	5 CLK	6 DIAG

(2)按1键显示

```
SETPLC   1：BROAD
2：UNIVERSAL
```

(3)选2键显示

```
1  REC：A   2INT：001
FLO：300
```

(4)按Y键显示

```
1：LIGHT=SUN （orLAMP ）
2：LEAF   AREA=09.9
```

(5)按Y键,进入测量状态,屏幕显示

```
C nnnn +/- nnn  Q nnnn
H nn.n  +/-nn.n   T nn.n
```

C为参比 CO_2 浓度,以ul/L为单位(0000～2500);

+/-nnn为分析气与参比气 CO_2 浓度差值,以ul/L为单位;

Q为量子通量密度,以 $\mu mol \cdot m^{-2} \cdot S^{-1}$ 为单位(000～2500);

H为参比水蒸气压,以毫巴为单位(00.0～75.0);

+/-nn.n为分析气与参比气水蒸气压之间的差值,以毫巴为单位;

T为叶室温度,以℃为单位。

(6)选X键,显示结果

```
E nn.nn     G nnnn      T nn
A+/-nn.n           CI nnn
```

E为蒸腾速率,以 $mmol \cdot m^{-2} \cdot s^{-1}$ 为单位;

G为气孔导度,以 $mmol \cdot m^{-2} \cdot s^{-1}$ 为单位;

T为叶片温度,以℃为单位;

A为同化速率/净光合速率,单位 $\mu mol \cdot m^{-2} \cdot S^{-1}$,正值为光合速率,负值为呼吸速率;

CI为细胞间隙 CO_2 浓度,以μl/L为单位。

(7)测定完成后,按N键返回主菜单后关机。

(8)测定后数据可贮存在仪器中,通过连线与计算机连接进行各种数据的统计处理。

①数据传输（3DUMP）。TPS 可以通过仪器上的液晶显示数据库中记录的数据,也可以通过打印机或计算机传输数据库中的数据。

②屏幕显示(SCREEN DUMP)。除了按 1,2 键,按其他任何键都将返回主菜单。显示选项是用于查看数据库中的记录,由最新近的测定值开始。

③标准端口传输数据(DATA DUMP THROUGH THE RS232 INTERFACE)。这个选项是通过 RS232 计算机标准端口传输存贮的数据,最早测定的数据首先传输。

在按 TPS 上的任何键以前,连接 TPS 与计算机之间的数据传输线,并确定计算机准备接收数据时,按一个任何键,数据立即被传输,而没有等待时间。

【思考题】

1. 在光合速率的测定过程中,哪些步骤容易出现误差? 应怎样避免?

2. 同化室的大小对室内 CO_2 下降速度、气孔反应的滞后、同化室内的微环境和光合速率有何影响?

实验23 用叶圆片沉浮法观察环境因素对光合作用的影响

光合作用是“地球上最重要的化学反应”，人们栽培作物和目的在于获得更多的光合产物。因此，了解环境因素（如 CO_2、温度、光照等）对光合作用的影响具有十分重要的意义。

【实验原理】

用真空渗入法排除叶肉细胞间隙的气体，充以水溶液，使叶圆片沉于水中。在光合作用过程中，叶圆片吸收 CO_2 而放出氧气，由于氧在水中的溶解度很少，并在细胞间和叶表面积累，结果使原来下沉的叶圆片上浮，根据上浮所需的时间长短，即能衡量光合作用的强弱。改变测定体系的 CO_2 浓度、温度和光强等，就能观察这些因素对光合作用的影响。

【仪器与用具】

照度计，温度计，打孔器，注射器，小烧杯，光源，恒温水浴，镊子。

【试 剂】

CO_2 饱和的水溶液（用一玻管向100ml左右的水中吹气数分钟，或者用含20mmol/L $NaHCO_3$ 的pH7.0，50mmol/L磷酸缓冲液（其他缓冲溶液也可）。

【材 料】

棉花或油菜植物叶片。

【方法与步骤】

一、打取叶圆片

从供试植物上选取健壮、叶龄相似、厚薄均匀的叶片数张，用直径1cm左右的打孔器，避开叶脉打下叶圆片60个。

二、真空渗入

把打下的叶圆片放于大注射器中（30～50ml），并注入水。排除注射器中空气后，用手指堵住注射孔，用力向后拉活塞，即造成负压，排出叶圆片内的气体，然后放开手指，水即进入叶组织中，如此重复数次，使叶圆片下沉。把下沉的叶圆片连同水一起倒入小烧杯中，置暗处备用。

三、设置处理

取 100ml 小烧杯 6 只，其中 2 只各倒 20ml 水（或 pH7.0 50mmol/L 磷酸缓冲液），另外 4 只各加 20mlCO_2 饱和的水溶液（或含 20mmol/L $NaHCO_3$ 的 pH7.0 50mmol/L 磷酸缓冲液）。然后于 6 只小烧杯中各放入叶圆片 10 个(叶圆片间不要重叠)，分别置于不同光强和不同温度下。要得到不同的光强，可把烧杯放置在离光源灯不同的距离处(用照度计测出该处光照度)。要获得不同的温度，夏季可将小烧杯浸于冰中以获得低温，冬季可将小烧杯浸于温水中以获得高温(用温度计测出实际温度)。

四、观察与分析

记录各烧杯中每一叶圆片上浮所需的时间。以一定时间内上浮的叶圆片数或上浮所需的平均时间来比较各杯叶圆片的光合作用强弱状况，并分析光照、温度、CO_2 等因素对光合作用的影响。

【思考题】

影响光合作用的内外因素有哪些？

实验 24 丙酮酸激酶活性的测定

丙酮酸激酶是呼吸代谢途径——糖酵解中的关键酶，本实验目的是熟悉测定丙酮酸激酶活力的一种方法。

【实验原理】

丙酮酸激酶催化如下反应：

$$\text{磷酸烯醇式丙酮酸(PEP)} + \text{ADP} \xrightarrow{\text{丙酮酸激酶}} \text{丙酮酸} + \text{ATP}$$

可通过测定其催化反应的产物丙酮酸含量的变化来反映酶活力。

【仪器与用具】

研钵，紫外分光光度计，冷冻离心机。

【试　剂】

提取缓冲液（0.05mol/L Tris-HCl 缓冲液，pH7.5），2，4- 二硝基苯肼（0.0125%，溶解在 2mol/LHCl 中），NaOH 溶液（2.4mol/L，含有 2.0×10^{-3}mol/L EDTA），250μmol/LTris-HCI（Tris30.3mg/L，用盐酸调定 pH7.4），7.5μmol/LPEP 钡盐（3.5mg/L），50μmol/L$MgSO_4$（6mg/L），250μmol/LKCI（18.6mg/L），12.5μmol/LADP（5.34mg/L），丙酮酸标准溶液（50μmol/L 丙酮酸钠（4.4mg/L），用提取缓冲液溶解）。

【材　料】

新鲜菠菜叶片。

【方法与步骤】

一、酶的提取

菠菜叶片用 3 倍体积的提取缓冲液研磨提取。提取液 10000r/min 离心 10min。上清液过 Sephadex G-25 柱（1.8×20cm）脱盐，柱子预先用提取缓冲液平衡，用同样的缓冲液洗脱，收集含蛋白质部分的洗脱液，可用洗脱液的 OD_{280} 进行监控。上述过程均在低温下操作。

二、酶活性的测定

按表 24-1 加入相应体积的试剂。

表 24-1 各组加试剂的量

	250μmol/L Tris—HCl	7.5μmol/L PEP	50μmol/L $MgSO_4$	250μmol/L KCl	12.5μmol/L ADP	H_2O	酶液
对照组	0.1	0.1	0.1	0.1	–	0.1	0.5
反应组	0.1	0.1	0.1	0.1	0.1	–	0.5

反应液在 37℃反应 10min 后加入 1ml 2,4—二硝基苯肼，再加入 1.2ml NaOH 溶液,室温放置 10min,于 510nm 处测定 OD 值。如用粗酶液测定则需加入抑制剂如钼酸铵。

三、丙酮酸标准曲线的制作

取 6 只洁净试管依次加入 0.05ml、0.1ml、0.2ml、0.3ml、0.4ml、0.5ml 丙酮酸标准溶液，用提取缓冲液补足至 0.5ml。每管再加入 0.1ml Tris-HCl、0.1ml PEP、0.1ml $MgSO_4$、0.1ml KCl、0.1mlADP,然后加入 1ml 2,4- 二硝基苯肼及 1.2ml NaOH 溶液室温放置 10min。于 510nm 处测定 OD 值,并绘制成标准曲线。

【思考题】

为什么对照的反应混合液中加 PEP 而不加 ADP?

实验25　磷酸烯醇式丙酮酸羧激酶活性的测定

磷酸烯醇式丙酮酸羧激酶广泛存在于高等植物、细菌以及藻类中，催化磷酸烯醇式丙酮酸和碳酸氢根羧化形成草酰乙酸，该反应不可逆，是 C_4 植物光合途径中的关键酶，起着固定原初 CO_2 的作用。

【实验原理】

本试验用偶联法来测定酶活性。PEP 羧激酶在 PEP、H_2CO_3、Mg^{2+} 存在时，形成草酰乙酸，而草酰乙酸在 NADH 及苹果酸脱氢酶存在下可生成苹果酸及 NAD，NAD 形成的速度可在 340nm 处测定，并以 OD 值下降 0.01 作为一个酶活性单位。

【仪器与用具】

研钵，紫外分光光度计，冷冻离心机。

【试　剂】

提取缓缓冲液：0.1mol/L Tris-H_2SO_4 缓冲液，pH8.2，含 7mmol/L 巯基乙醇（547mg/L）、1mmol/L EDTA（292mg/L）、5%甘油。

洗脱缓冲液：10mmol/L Tris-H_2SO_4 缓冲液，含 0.2mmol/L EDTA（58mg/L）、0.2mmol/L 二硫苏糖醇（31mg/L）、5%甘油，pH8.2。

反应缓冲液：50mmol/LTris－HCI 缓冲液，pH9.2。

反应混液：0.5ml 70mmol/L $MgSO_4$（17.3mg/L）、0.5ml 70mmol/L $NaHCO_3$（5.9mg/L）和 1ml14mmol/L 磷酸烯醇式丙酮酸（2.9mg/L）混合。

以上溶液都用反应缓冲液配制。需用时再加入 1.5ml 内含 0.35mg NADH 及过量的苹果酸脱氢酶的反应缓冲液。

【材　料】

菠菜叶片。

【方法与步骤】

一、酶提取液的制备

菠菜叶片用 4 倍量预冷的提取缓冲液于捣碎机捣成匀浆，4 层纱布去除粗渣，滤液以 5000r/min 离心 20min。上清液以硫酸铵沉淀，收集 30%～50%饱和度的沉淀物，用小体积提取缓冲液复溶，经 Sephadex-G25 柱（3.5cm × 15cm）用洗脱缓冲液脱盐或用 10mmol/L Tris-H_2SO_4（pH8.2）透析，即为磷酸烯醇式丙酮酸羧激酶粗酶液。

二、酶活性的测定

于石英比色杯中加入反应混合液 3.5ml 并加入适量酶液混匀启动反应，立即于分光光度计 340nm 处按一定时间间隔读取吸光度，以吸光度下降 0.01 作为一个酶活力单位。

【思考题】

该试验的测定结果可能受到哪些因素的影响？

实验 26 小篮子法测定植物的呼吸速率

呼吸速率是植物生命活动强弱的重要指标之一。常用于植物生理研究及农业生产实践等方面。测定呼吸速率的方法虽然很多,但不外乎测定 CO_2 的释放量或 O_2 的吸收量两类方法。本实验用小篮子法(亦称广口瓶法),测定植物的呼吸速率,并比较不同萌发阶段小麦种子及幼芽的呼吸速率。

【实验原理】

在密闭容器中加入一定量碱液(一般用 $Ba(OH)_2$),并悬挂植物材料,则植物材料呼吸放出的 CO_2 可被容器中 $Ba(OH)_2$ 吸收,然后用草酸滴定剩余的碱液,从空白和样品二者消耗草酸溶液之差,可计算出呼吸释放的 CO_2 量。其反应如下:

$$Ba(OH)_2 + CO_2 \rightarrow BaCO_3\downarrow + H_2O$$

$$Ba(OH)_2(\text{剩余}) + H_2C_2O_4 \rightarrow BaC_2O_4\downarrow + 2H_2O$$

【仪器与用具】

呼吸装置,电子天平,酸式和碱式滴定管,滴定管架。

【试　剂】

1/44mol/L草酸溶液:准确称取重结晶 $H_2C_2O_4 \cdot 2H_2O$ 2.8651g 溶于蒸馏水中,定容至 1000ml,每 ml 溶液相当于 1mg 的 CO_2。

0.05mol/L 氢氧化钡溶液:Ba(OH)28.6g 或 $Ba(OH)_2 \cdot 8H_2O$ 15.78g 溶于 1000ml 蒸馏水中。如有浑浊,待溶液澄清后使用。

酚酞指示剂:称取 1g 酚酞溶于 100ml 95%乙醇中,贮于滴瓶中。

【材　料】

发芽的小麦种子或其它萌发的种子。

【方法与步骤】

(1)取 500ml 广口瓶一个,瓶口用打有三孔的橡皮塞塞紧,一孔插一盛碱石灰的干燥管,使呼吸过程中能进入无 CO_2 的空气,一孔插温度计,另一孔直径约 1cm,供滴定用,平时用一小橡皮塞塞紧,瓶塞下面挂一铁丝网小篮,以便装植物样品,整个装置即为“广口瓶呼吸测定装置”。

（2）在瓶口准确加入 0.05mol/L 的 $Ba(OH)_2$ 溶液 20ml，立即塞紧橡皮塞（不带小篮），充分摇动广口瓶 2min，待瓶内 CO_2 全部被吸收后，拔出小橡皮管塞，加入酚酞指示剂 2 滴，把滴定管插入孔中，用标准草酸溶液进行空白滴定，直到红色刚刚消失为止，记下草酸溶液用量（V_0）。

（3）倒出废液，用无 CO_2 的蒸馏水（煮沸过的）洗净后，重加上述 $Ba(OH)_2$ 溶液 20ml，同时称取植物样品 10～15g，装入小篮子中，挂于橡皮塞下，塞紧瓶塞，置于 30℃温箱中，开始记录时间，经过 30～60min，其间轻轻摇动数次，使溶液表面的 $BaCO_3$ 薄膜破坏，有利于充分吸收 CO_2。然后用草酸滴定，方法如前，记录草酸溶液用量（V_1）（注意：防止口中呼出的气体进入瓶内！）

（4）结果计算

$$呼吸速率[mg/(g\cdot h)]=\frac{(V_0-V_1)\times 1}{W\times t}$$

上式中，V_0：空白滴定用去的草酸量（ml），V_1：样品滴定用去的草酸量（ml），W：样品鲜质量（g），t：测定时间（h）。1：每毫升 1／44mol/L 的草酸相当于 1mgCO_2。

【思考题】

1. 测定呼吸速率有何意义？
2. 在呼吸速率测定过程中哪些步骤容易出现误差？应怎样避免？
3. 广口瓶橡皮塞上加一碱石灰管有何作用？

实验 27 氧电极法测定多酚氧化酶活性

【实验原理】

多酚氧化酶是一种含铜的氧化酶，能使一元酚和二元酚氧化生成醌。多酚氧化酶活性可以用氧电极测量反应耗氧的速度，或用比色法测量产物的形成，常用的底物如儿茶酚（邻苯二酚）和多巴（3，4– 二羟苯丙氨酸）。

【仪器与用具】

测氧仪，记录仪，恒温水浴，离心机，磁力搅拌器，匀浆机，反应杯，微量注射器，不溶性 PVP（聚乙烯吡咯烷酮）。

【试　剂】

1mmol/L 儿茶酚：0.11g 儿茶酚溶于 1000ml 0.1mol/L 磷酸缓冲液中，pH6.5；

0.1mol/L 磷酸缓冲液（pH6.5）。

【材　料】

马铃薯。

【方法与步骤】

一、粗酶的制备

（1）称取马铃薯块茎 20g，加不溶性 PVP 2g（事先用蒸馏水浸洗，然后过滤以除去杂质），磷酸缓冲液 100ml，于均浆机中打碎成匀浆，过滤得滤液。

（2）滤液中加入 30%饱和度硫酸铵，离心除去沉淀，上清液再加硫酸铵使达 60%饱和度，离心收集沉淀。

（3）将所得沉淀溶于少量 0.01mol/L 磷酸缓冲液中（pH6.5），即为粗酶液，于同样缓冲液中透析过夜，其间更换透析溶液 3 ~ 4 次。

二、酶活性测定

（1）将测氧仪、记录仪、恒温水浴连接好，然后进行仪器的标定，以求得记录纸上每小格相当的含氧量。

（2）测定酶活性时，先于反应杯中倒入底物儿茶酚，待记录仪上画出一条直线时，用微量注射器经小孔注入合适浓度的酶液 10μl，记录氧消耗曲线。

（3）取氧消耗曲线的直线部分，计算酶活性大小，酶活性以每分钟每毫升酶液消耗 O_2 的微升数表示（单位：$\mu l/min^{-1} \cdot ml^{-1}$）。

【思考题】

试述多酚氧化酶的作用和生理功能。

实验 28 植物组织中可溶性糖与淀粉的测定

植物体内的碳素营养状况以及农产品的品质性状，常以可溶性糖和淀粉的含量作为重要指标。植物为了适应逆境条件，如干旱、低温，也会主动积累一些可溶性糖，降低渗透势，以适应外界环境条件的变化。本实验学习几种定量测定可溶性糖和淀粉的方法。

Ⅰ. 苯酚法测定可溶性糖

【实验原理】

植物体内的可溶性糖主要指能溶于水及乙醇的单糖和寡聚糖。苯酚法测定可溶性糖的原理是：糖在浓硫酸作用下，脱水生成的糠醛或羟甲基糠醛能与苯酚缩合成一种橙红色化合物，在 10 ~ 100mg 范围内其颜色深浅与糖的含量成正比，且在 485nm 波长下有最大吸收峰，故可用比色法在此波长下测定。苯酚法可用于甲基化的糖、戊糖和多聚糖的测定，方法简单，灵敏度高，基本不受蛋白质存在的影响，并且产生的颜色稳定 160min 以上。

【仪器与用具】

分光光度计，电炉，铝锅，刻度试管，刻度吸管，记号笔，吸水纸适量。

【试 剂】

(1)90%苯酚溶液：称取 90g 苯酚(AR)，加蒸馏水 10ml 溶解，在室温下可保存数月。

(2)9%苯酚溶液：取 3ml90%苯酚溶液，加蒸馏水至 30ml，现配现用。

(3)浓硫酸(相对密度 1.84)。

(4)1%蔗糖标准液：将分析纯蔗糖在 80℃下烘至恒质量，精确称取 1.000g。加少量水溶解，移入 100ml 容量瓶中，加入 0.5ml 浓硫酸，用蒸馏水定容至刻度。

(5)100μg/L 蔗糖标准液：精确吸取 1%蔗糖标准液 1ml 加入 100ml 容量瓶中，加水定容。

【材 料】

新鲜的植物叶片。

【方法与步骤】

一、标准曲线的制作

取 20ml 刻度试管 11 支，从 0～10 分别编号，按表 28-1 加入溶液和水。

表 28-1 各试管加溶液和水的量

管号	0	1～2	3～4	5～6	7～8	9～10
100μg/L 蔗糖液（ml）	0	0.2	0.4	0.6	0.8	1.0
水（ml）	2.0	1.8	1.6	1.4	1.2	1.0
蔗糖量（μg）	0	20	40	60	80	100

然后按顺序向试管内加入 1ml 9%苯酚溶液，摇匀，再从管液正面快速加入 5ml 浓硫酸，摇匀。比色液总体积为 8ml，在恒温下放置 30min，显色。然后以空白为参比，在 485nm 波长下比色测定，以糖含量为横坐标，吸光度为纵坐标，绘制标准曲线，求出标准直线方程。

二、可溶性糖的提取

取新鲜植物叶片，擦净表面污物，剪碎混匀，称取 0.10～0.30g，共 3 份（或干材料）。分别放入 3 支刻度试管中，加入 5～10ml 蒸馏水，塑料薄膜封口，于沸水中提取 30min（提取 2 次），提取液过滤入 25ml 容量瓶中，反复冲洗试管及残渣，定容至刻度。

三、测　定

吸取 0.5ml 样品液于试管中（重复 2 次），加蒸馏水 1.5ml，同制作标准曲线的步骤，按顺序分别加入苯酚、浓硫酸溶液，显色并测定吸光度。由标准线性方程求出糖的量，按下式计算测试样品中糖含量。

$$可溶性糖含量(mg/g)=\frac{C\times\frac{V}{a}\times n}{W\times 10^3}$$

式中：C——标准方程求得的糖量（μg）；a——吸取样品液体积（ml）；V——提取液体积（ml）；n——稀释倍数；W——样品质量（g）。

Ⅱ、蒽酮法测定可溶性糖

【实验原理】

糖在浓硫酸作用下，可经脱水反应生成糠醛或羟甲基糠醛，生成的糠醛或羟甲基糠醛可与蒽酮反应生成蓝绿色糠醛衍生物，在一定范围内，颜色深浅与糖含量成正比，故可用于糖的定量测定。

糖类与蒽酮反应生成的有色物质在可见光区的吸收峰为 630nm，故在此波长下进行比色。

该法的特点是几乎可测定所有的糖类，不但可以测定戊糖与己糖，而且可以测所有寡糖类和多糖类，包括淀粉、纤维素等（因为反应液中的浓硫酸可把多糖水解成单糖而发生反应），所以用蒽酮法测出的糖类含量，实际上是溶液中全部可溶性糖类总量。在没有必要细致划分各种糖类的情况下，用蒽酮法可以一次测出总量，省去许多麻烦，因此，有特殊的应用价值。但在测定水溶性糖类时，应注意切勿将样品的未溶解残渣加入反应液中，不然会因为细胞壁中的纤维、半纤维素等与蒽酮试剂发生反应而增加了测定误差。此外，不同的糖类与蒽酮试剂的显色深度不同，果糖显色最深，葡萄糖次之，半乳糖、甘露糖较浅，五碳糖显色更浅，故测定糖的混合物时，常因不同糖类的比例不同造成误差，但测定单一糖类时则可避免此种误差。

【仪器与用具】

分光光度计，刻度试管，刻度吸管，记号笔，水浴锅等。

【试　剂】

蒽酮乙酸乙酯试剂：取分析纯蒽酮 1g，溶于 50ml 乙酸乙酯中，贮于棕色瓶中，在黑暗中可保存数星期，如有结晶析出，可微热溶解。

浓硫酸（相时密度 1.84）。

【材　料】

新鲜或烘干的植物叶片。

【方法与步骤】

一、标准曲线的制作

按方法Ⅰ标准曲线的制作方法加入标准的蔗糖溶液，然后按顺序向试管中加入 0.5ml 蒽酮乙酸乙酯试剂和 5ml 浓硫酸，充分振荡，立即将试管放入沸水浴中，逐管均准确保温 1min，取出后自然冷却至室温，以空白作参比，在 630nm 波长下测其吸光度，以吸光度为纵坐标，以糖含量为横坐标，绘制标准曲线，并求出标准线性方程。

二、可溶性糖的提取

同方法Ⅰ第 2 步。

三、显色测定

吸取样品提取液 0.5ml 于 20ml 刻度试管中（重复 2 次），加蒸馏水 1.5ml，以下步骤与标准曲线测定相同，测定样品的吸光度。

四、计算可溶性糖的含量

计算公式同方法Ⅰ。

Ⅲ. 3,5-二硝基水杨酸测定还原糖

【实验原理】

3,5-二硝基水杨酸溶液与还原糖(各种单糖和麦芽糖)溶液共热后被还原成棕红色的氨基化合物,在一定范围内,还原糖的量和棕红色物的颜色深浅呈一定比例关系。在540nm波长下测定棕红色物质的吸光度,查标准曲线,便可求出样品中还原糖的含量。

【仪器与用具】

刻度试管,大离心管或玻璃漏斗,烧杯,三角瓶,容量瓶,刻度吸管,沸水浴,离心机(过滤法不用此设备),电子天平,分光光度计。

【试 剂】

(1)1mg/ml 葡萄糖标准液:准确称取100mg分析纯葡萄糖(预先在80℃烘至恒质量),置于小烧杯中,用少量蒸馏水溶解后,定量转移到100ml的容量瓶中,以蒸馏水定容至刻度,摇匀,冰箱中保存备用。

(2)3,5-二硝基水杨酸试剂:6.3g 3,5-二硝基水杨酸和262ml 2mol/L NaOH溶液,加到500ml含有185g酒石酸钾钠的热水溶液中,再加5g结晶酚和5g亚硫酸钠,搅拌溶解。冷却后加蒸馏水定容至1000ml,贮于棕色瓶中备用。

【材 料】

食用面粉。

【方法与步骤】

一、制作葡萄糖标准曲线

取7支具有25ml刻度的刻度试管,编号,按表28-2所示的量,精确加入浓度为1mg/ml的葡萄糖标准液和3,5-二硝基水杨酸试剂。

将各管摇匀,在沸水浴中加热5min,取出后立即放入盛有冷水的烧杯中冷却至室温,再以蒸馏水定容至25ml刻度处,用橡皮塞塞住管口,颠倒混匀(如用大试管,则向每管加入21.5ml蒸馏水,混匀)。在540nm波长下,用0号管调零,分别读取1~6号管的吸光度。以吸光度为纵坐标,葡萄糖(mg)为横坐标,绘制标准曲线,求得回归方程。

表 28-2 各试管加溶液和试剂的量

管号	0	1	2	3	4	5	6
葡萄糖标准液(ml)	0	0.2	0.4	0.6	0.8	1.0	1.2
蒸馏水(ml)	2.0	1.8	1.6	1.4	1.2	1.0	0.8
3,5-二硝基水杨酸试剂(ml)	1.5	1.5	1.5	1.5	1.5	1.5	1.5
相当葡萄糖量(mg)	0	0.2	0.4	0.6	0.8	1.0	1.2

二、样品中还原糖的测定

1. 样品中还原糖的提取

准确称取 3g 食用面粉,放在 100ml 的烧杯中,先以少量蒸馏水调成糊状,然后加 50ml 蒸馏水,搅匀,置于 50℃恒温水浴中保温 20min,使还原糖浸出。离心或过滤,用 20ml 蒸馏水洗残渣,再离心或过滤,将两次离心的上清液或滤液全部收集在 100ml 的容量瓶中,用蒸馏水定容至刻度,混匀,作为还原糖待测液。

2. 显色和比色

取 3 支 25ml 刻度试管,编号,分别加入还原糖待测液 2ml,3,5-二硝基水杨酸试剂 1.5ml,其余操作均与制作标准曲线相同,测定各管的吸光度值。分别在标准曲线上查出相应还原糖 mg 数,按下式计算还原糖百分含量:

$$\text{还原糖}(\%)=\frac{C\times\frac{V}{a}}{W\times 1000}\times 100$$

式中:C——标准曲线方程求得的还原糖 mg 数;V——提取液的体积(ml);a——显色时吸取样品液体积(ml);W——样品质量(g)。

Ⅳ. 淀粉含量的测定

【实验原理】

淀粉是由葡萄糖残基组成的多糖,在酸性条件下加热使其水解成葡萄糖,然后在浓硫酸的作用下,使单糖脱水生成糠醛类化合物,利用苯酚或蒽酮试剂与糠醛化合物的显色反应,即可进行比色测定。

【仪器与用具】

电子天平,容量瓶,漏斗,小试管若干,电炉,刻度吸管,分光光度计,记号笔。

【试 剂】

浓硫酸(相对密度 1.84)。

9.2mol/L$HClO_4$。

2%蒽酮试剂:同蒽酮法(或 9%苯酚,同方法Ⅰ)。

（4）淀粉标准液：准确称取 100mg 纯淀粉，放入 100ml 容量瓶中，加 60～70ml 热蒸馏水，放入沸水浴中煮沸 0.5h，冷却后加蒸馏水稀释至刻度，则每 ml 含淀粉 1mg，吸取此液 5.0ml，加蒸馏水稀释至 50ml，即为每 ml 含淀粉 100μg 的标准液。

【材　料】

面粉或其他干样品。

【方法与步骤】

一、标准曲线制作

取小试管 11 支从 0～10 编号，按表 28-3 加入溶液和蒸馏水。

以下步骤按苯酚法或蒽酮法均可，见方法Ⅰ或方法Ⅱ，绘制相应的标准曲线。

表 28-3　各试管加入标准液和蒸馏水量

管号	0	1～2	3～4	5～6	7～8	9～10
淀粉标准液（ml）	0	0.4	0.8	1.2	1.6	2.0
蒸馏水（ml）	2.0	1.6	1.2	0.8	0.4	0
淀粉含量（mg）	0	40	80	120	160	200

二、样品提取

将提取可溶性糖以后的残渣，移入 50ml 容量瓶中，加 20ml 热蒸馏水，放入沸水浴中煮沸 15min，再加入 9.2mol/L 高氯酸 2ml 提取 15min，冷却后，混匀，用滤纸过滤（或以 2500r/min 离心 10min），并用蒸馏水定容。

三、测　定

可采用苯酚法或蒽酮显色法测定。

按下式计算淀粉的含量。淀粉水解时，在单糖残基上加了 1 分子水，因而计算时所得的糖量乘以 0.9 才为扣除加入水量后的实际淀粉含量。

$$淀粉含量(\%)=\frac{C\times\frac{V}{a}}{W\times10^6}\times100$$

式中：C——标准曲线查得的淀粉含量（μg）；V——提取液总量（ml）；a——显色时取液量（ml）；W——样品质量（g）。

【思考题】

1. 简述苯酚法与蒽酮法测定可溶性糖的基本原理。
2. 干扰可溶性糖测定的主要因素有哪些？怎样避免？

实验 29 苯丙氨酸解氨酶活性的测定

大多数植物酚类的生物合成是从苯丙氨酸开始的，经过苯丙氨酸解氨酶（PAL）的作用，就形成各种简单苯丙氨酸类化合物。

【实验原理】

苯丙氨酸解氨酶（PAL）催化苯丙氨酸的脱氨反应，使 NH_3 释放出来形成反－桂皮酸。此酶在植物体内次生物质（如酚类、木质素等）代谢中起重要作用。根据其产物，在 290nm 处吸光度的变化可以测定该酶的活性。

【仪器与用具】

紫外分光光度计，离心机，研钵，吸滤瓶，红光装置，打孔器。

【试 剂】

0.05mol/L 硼酸盐缓冲溶液（pH8.8）。

0.02mol/L 苯丙氨酸：用 0.1mol/L pH8.8 硼酸缓冲液配制。

5mmol/L 巯基乙醇硼酸缓冲液。

【材 料】

马铃薯块茎。

【方法与步骤】

一、马铃薯圆片制备

将马铃薯块茎洗净、削皮，用打孔器（直径 1.5cm）取圆柱，切除两头近表皮处，中间部分切成 2mm 厚的圆片。先用自来水漂洗，最后用蒸馏水洗一次，用纱布吸干表面的水。

二、光诱导

将圆片平铺在湿润滤纸的培养皿中，置 20～30℃红光下处理 24h 以诱导 PAL（也可接种病原菌诱导等）。

三、酶粗提取液的制备

称取经诱导处理的马铃薯圆片 5g，加 10ml 含 5mmol/L 的巯基乙醇的硼酸缓冲液、0.5g 聚乙烯吡咯烷酮（PVP）（用以除去酚类物质毒害，防止颜色的干扰）、少量石英砂在研钵中研磨。匀浆抽气过滤，滤液 10000r/min 离心 15min，上清液为粗酶提取液。上述操作均在 0~4℃下进行。

四、酶活性测定与计算

1ml 酶液加 1ml 0.02mol/L 苯丙氨酸、2ml 蒸馏水，总体积为 4ml。对照不加底物，多加 1ml 蒸馏水。反应液置于恒温水浴 30℃中保温，0.5h 后用紫外分光光度计在 290nm 处测定吸光度。以每小时在 290nm 处吸光度变化 0.01 所需酶量为 1 单位（相当每毫升反应混合物形成 1μg 桂皮酸）。

【思考题】

试简述从苯丙氨酸生物合成各种酚类的过程。

实验 30 类黄酮含量的测定

通常我们把具有 C_6—C_3—C_6 碳骨架结构的一类物质称为类黄酮(flavonoid)，包括黄酮、黄酮醇、异黄酮和花色素苷。

【实验原理】

类黄酮广泛分布于植物的各个器官中，大都以糖苷的形式存在，所以在提取过程中应防止植物自身的酸性引起糖苷水解，于提取时可加入少许碳酸钙以避免之。提取时可根据化合物的性质来选择溶剂，醇类适用于糖苷类及含有多个羟基的化合物，如果化合物的甲基化程度高或非糖苷型，则用乙醚较合适。这类化合物含量可用比色法测定。

【仪器与用具】

分光光度计，烘箱，天平，水浴锅，抽提器，分液漏斗。

【试 剂】

70%乙醇，乙醚，5%$NaNO_2$，10%$Al(NO_3)_3$，4%NaOH，碳酸钙，100μg/ml 芦丁(10mg 芦丁用 70%乙醇定容至 100ml)。

【材 料】

银杏或其他植物叶片。

【方法与步骤】

(1)称取叶片 1g 置于抽提器中，加入 70%乙醇 100ml 及少许 $CaCO_3$，抽提 6~8h，倒出提取液碱压浓缩蒸去乙醇。

(2)另称取叶片 10g 于 105℃烘箱中烘至恒质量，以测定水分含量。

(3)浓缩液于分液漏斗中用相同体积的乙醚洗 2~3 次，以去除叶绿素及腊质等，然后用 70%乙醇定容至 100ml，待测。

(4)绘制标准曲线：将芦丁溶液用 70%乙醇稀释成 0、5、10、15、20、25、30、35、40、45、50μg/ml，各吸取 1ml 于试管中，加 70%乙醇 1ml，加入 0.3ml 5% $NaNO_2$，6min 后加入 0.3ml 10% $Al(NO_3)_3$ 溶液，6min 后再加入 2ml 4% NaOH，10min 后用分光光度计在波长 510nm 处测定吸光度。绘制浓度－吸光度标准曲线。

(5)吸取样品溶液 1ml,按上述同样的步骤和方法测定吸光度,从标准曲线查得样品中类黄酮的含量 (μg/ml), 然后根据下式计算每克干叶片类黄酮的含量(μg):

$$干叶中类黄酮含量(\mu g/g)=V \times c$$

式中:V 为 1g 干叶制得的提取液体积(ml),本实验为 100ml。c 为提取液中测得的类黄酮含量(μg/ml)。

【思考题】

类黄酮在植物生命活动中有何作用?

实验31 生长素的生物鉴定

在植物激素的早期研究中，多以其生物效应作为定量测定及鉴定的方法。随着免疫学、色谱学等新技术的发展，生物鉴定已很少用于激素的测定，但这些实验技术对于了解植物激素仍有重要意义。

【实验原理】

生长素能促进禾本科植物胚芽鞘的伸长。切去顶端的胚芽鞘切段，断绝了内源生长素的来源，其伸长在一定范围内与外加生长素浓度的对数呈线性关系。因此，可以用一系列已知浓度的生长素溶液培养芽鞘切段，绘制成生长素浓度与芽鞘伸长的关系曲线，以鉴定未知样品的生长素含量。

【仪器与用具】

恒温箱，搪瓷盘(带盖)，贴有毫米方格纸的玻璃板，吸量管，镊子，绿色灯泡，培养皿，记号笔，细玻璃丝，简易切割刀。

【试　剂】

漂白粉适量。

含2%蔗糖的磷酸－柠檬酸缓冲液（pH5.0）：称取 K_2HPO_4 1.794g、柠檬酸1.019g、蔗糖20g，溶于蒸馏水中定容至1L。

吲哚乙酸(IAA)溶液：精确称取17.5mg IAA，先用少量无水乙醇溶解后，再用上述缓冲液溶解并定容至100ml，即为0.001mol/L的IAA溶液。

【材　料】

燕麦或小麦种子。

【方法与步骤】

(1)精选种子100粒，浸入饱和的漂白粉溶液中20min，取出后用自来水和蒸馏水洗净，成横排摆放在铺有洁净滤纸的带盖搪瓷盘中。为了使胚芽鞘基部无弯曲，需将搪瓷盘斜放成40°～45°角，使胚倾斜向下，盘中加水并加盖置25℃暗室中培养。暗室以绿色灯泡照明。

(2)播后3d，当胚芽鞘长度约25～35mm时，精选芽鞘长度一致的幼苗50株，用镊子从基部取下芽鞘，再用切割器在贴有方格纸的玻璃板上切去芽鞘顶端3mm，再向下切取 6mm 的切段 50 段，放入蔗糖磷酸缓冲液中浸泡 1 ~ 2h，以洗去内源生长素。

（3）取洗净烘干的培养皿 5 套，用记号笔编号，向各皿内加 pH5.0 的蔗糖磷酸缓冲液 9ml，然后在①号皿中加 0.001mol/L 的 IAA 缓冲液 1ml，摇匀，即成 10^{-4}mol/L 的 IAA 溶液；再从①号皿中吸出 1ml 注入②号皿，摇匀，即成 10^{-5}mol/L IAA 溶液；依次操作到④号皿，配成 10^{-7}mol/L IAA 溶液，并吸出 1ml 弃去。⑤号皿不加 IAA 作对照。

（4）从缓冲液中取出胚芽鞘切段，吸去表面水分，将切段套在玻璃丝上，注意仔细操作，勿损伤芽鞘。同一玻璃丝上可以穿 2 ~ 3 段芽鞘，但要留下生长的空隙。每一皿中放入 10 段芽鞘，加盖，在 25℃暗箱或暗室中培养。以上操作应在绿光下进行。

（5）培养 24h 后，取出芽鞘，在毫米方格纸上测量其长度，若能借助于双目解剖镜则可提高测量精度。求出每种处理的芽鞘平均长度。以处理芽鞘长度（L）与对照长度（L_0）之比（L/L_0）为纵坐标，以 IAA 浓度的对数为横坐标画出标准曲线。

（6）对于未知浓度的生长素提取液或其他类似物溶液，均可按上法求 L/L_0，查出标准曲线即可求得其浓度。

【思考题】

本实验为何应在绿光下或暗室中进行？

实验 32 吲哚乙酸氧化酶活性的测定

一种能使 IAA 氧化的吲哚乙酸氧化酶(IAA oxidase)广泛分布于高等物。IAA 氧化酶是一种起着氧化酶作用的过氧化物酶。本实验可让学生熟悉运用比色法测定 IAA 氧化酶活性的方法,并掌握酶活力测定的基本要求。

【实验原理】

吲哚乙酸在吲哚乙酸氧化酶作用下,失去活性。植物体内吲哚乙酸氧化酶活力的大小,对调节体内吲哚乙酸的水平,起着重要的作用。酶活力的大小可以其破坏吲哚乙酸的速度表示,吲哚乙酸含量可用比色法测定。

【仪器与用具】

分光光度计,离心机,恒温水浴锅,天平,研钵,试管,移液管,烧杯。

【试 剂】

0.02mol/L磷酸缓冲液(pH6.1),10^{-3}mol/L$MnCl_2$,10^{-3}mol/L2,4- 二氯酚,10^{-3}mol/L IAA。

吲哚乙酸试剂:10ml 0.5mol/L $FeCl_3$,500ml 35%高氯酸,使用前混合即成,避光保存。

【材 料】

大豆或绿豆种子。

【方法与步骤】

一、绘制标准曲线

(1)配制吲哚乙酸溶液,浓度分别为 25、20、15、10、5、2.5、1.0、0.5、0μg/ml。

(2)取干洁的大试管 9 只,每只加入吲哚乙酸试剂 4ml,再分别加入不同浓度的吲哚乙酸溶液 2ml,摇匀,并于 30℃的黑暗处保温 30min,使反应呈红色。

(3)取反应液于分光光度计中测定。测定使用波长 530mm,将结果以吲哚乙酸浓度(μg/ml)为横坐标,吸光度读数为纵坐标绘制标准曲线。

二、吲哚乙酸氧化酶活性测定

(1)将种子置于 30℃温箱中萌发 3~4d,选取生长一致的幼苗,除去子叶,留下胚轴作实验材料。

(2)取 20 株胚轴，称得质量(或直接称取胚轴 1g)，置研钵中，加入冰冷的磷酸缓冲液(pH6.1)5ml 及石英砂少许，于冰浴中研磨成匀浆，再按 100mg 鲜质量材料/1ml 提取液的比例，用缓冲液稀释之，定容，离心(4,000r/min)20min，所得上清液即为粗酶液。

(3)一试管加入 $MnCl_2$1ml，二氯酚 1ml，IAA2ml，酶液 1ml，磷酸缓冲液(pH6.1)5ml，混合均匀。另取一试管，其中除酶液用磷酸缓冲液代替外，其余成分相同，一起置于 25 ~ 30℃恒温水浴中，反应 30min。

(4)吸取反应混合液(可事先将反应混合液稀释 3 ~ 5 倍，视实际情况而定)2ml，加入吲哚乙酸试剂 4ml，摇匀，置于 30℃的黑暗处保温 30min，使显色。

(5) 将显色后呈红色的反应液于分光光度计中测定吸光度，测定使用波长 530nm。

(6)根据读数从标准曲线上查出相应的吲哚乙酸残留量。

(7)从开始时加入的吲哚乙酸量减去酶作用后残留的吲哚乙酸量，即得被酶所分解破坏的吲哚乙酸量。以每毫升酶液在 1h 内分解吲哚乙酸量(μg)表示酶活力大小，故样品中酶的活力单位为 μg(IAA)/(g·h)。

【思考题】

试比较大豆(或绿豆)幼苗的胚轴和胚根中吲哚乙酸氧化酶活性大小。

实验33 生长素类物质对根、芽生长的影响

生长素对植物的作用是具有正负两重性，对同一浓度的生长素，植物的不同器官对其反应不同。本实验可让学生加深对生长素作用效果的理解。

【实验原理】

生长素及人工合成的类似物质，如萘乙酸等，一般在低浓度下对植物生长有促进作用，高浓度则起抑制作用。根对生长素较敏感，促进和抑制其生长的浓度均比芽低些。根据此原理可观测不同浓度的萘乙酸对不同部位生长的促进和抑制作用。

【仪器与用具】

恒温培养箱，的培养皿，吸量管，圆形滤纸，尖头镊子，记号笔。

【试　剂】

10mg/L 萘乙酸(NAA)溶液：称取萘乙酸 10mg，先溶于少量乙醇中，再用蒸馏水定容至 100ml，配成 100mg/L 萘乙酸溶液，将此液贮于冰箱中，用时稀释 10 倍。

漂白粉适量。

【材　料】

小麦种子。

【方法与步骤】

(1)将培养皿洗净烘干，编号，在①号培养皿中加入已配好的 10mg/L NAA 溶液 10ml，在②～⑥号培养皿中各加入 9ml 蒸馏水，然后用吸管从①号皿中吸取 10mg/L NAA 溶液 1ml 注入②号皿中，充分混匀后即成 1mg/L NAA。再从②号皿吸 1ml 注入③号皿中，混匀即成 0.1mg/L，如此继续稀释至⑥号皿，结果从①号到⑥号培养皿 NAA 浓度依次为 10、1.0、0.1、0.01、0.001、0.0001mg/L。最后从⑥号皿中吸出 1ml 弃去，各皿均为 9ml 溶液。第⑦号皿加蒸馏水 9ml 作为对照。

(2)精选小麦种子约 200 粒左右，用饱和漂白粉上清液表面灭菌 20min，取出用自来水冲净，再用蒸馏水冲洗 3 次，用滤纸吸干种子表面水分。在①～⑦号每个

培养皿中放 1 张滤纸，沿培养皿周缘整齐地摆放 20 粒种子，使胚朝向培养皿中心,加盖后置 20 ~ 25℃温箱中,24 ~ 36h 后,观察种子萌发情况,留下发芽整齐的种子 10 粒。3d 后，测定各处理种子的根数、根长及芽长，求其平均值，记入表 33–1,确定 NAA 对根、芽生长具有促进或抑制作用的浓度。

表 33–1 NAA 浓度对根、芽生长的影响记载表

生长情况	NAA 浓度(mg/L)						
	10	1	0.1	0.01	0.001	0.0001	0
平均根数(个)							
平均根长(cm)							
平均芽长(cm)							

【思考题】

1. 用本实验的结果来分析小麦根和芽的生长对生长素敏感性的差异。
2. 在该实验中,如果培养皿的盖子不严,有水分挥发,对实验结果有何影响?

实验34 赤霉素的生物鉴定

赤霉素(GA)是从水稻恶苗病的研究中发现的。现已知,植物体内普遍存在赤霉素,它是调节植物高度的激素。本实验让学生了解水稻幼苗法测定赤霉素含量。

【实验原理】

赤霉素能强烈促进水稻幼苗叶片伸长,幼苗株高在一定范围内与外加赤霉素浓度的对数呈直线关系。因此可用作生物鉴定方法测定未知样品的赤霉素含量。

【仪器与用具】

光照培养皿,培养皿,镊子,高型烧杯,吸量管等。

【试 剂】

漂白粉适量,100mg/L 赤霉素溶液。

【材 料】

水稻种子(宜选用矮生型品种)。

【方法与步骤】

(1)精选水稻种子 100~200 粒,用饱和漂白粉溶液灭菌 20~30min,再用冷开水充分洗净,放在铺有洁净滤纸的培养皿中加冷开水至约浸没种子厚度的一半,放在 25~27℃的温箱内催芽。4~5d 后,精选芽长 5mm、高度一致的幼苗 60 株待用。

(2)取 100ml 高型烧杯 12 只,每 2 只为 1 组,共分 6 组,按组依次加入蒸馏水、0.1mg/L、1.0mg/L、10mg/L、100mg/L 标准赤霉素溶液各 2ml,第 6 组加入 2ml 待测液(待测样品的赤霉素浓度如果很高,应根据估计的浓度范围适当稀释,使稀释液的赤霉素浓度在 0.5~50mg/L 范围内)。然后在每一烧杯中放入 5 株水稻幼苗,烧杯上覆盖培养皿盖,放置在 27℃左右的光照培养箱中培养,培养期间可适当补充蒸发掉的水分。当苗高与烧杯高度相近时,将培养皿盖除去。

(3)5~6d 后,当对照的第 3 片叶片开始伸出时用米尺测量各幼苗第 2 叶的叶鞘长度,求出平均值,以叶鞘长度为纵坐标,赤霉素浓度的对数为横坐标作图,画出标准曲线,将未知样品培养的稻苗第 2 叶鞘长度与标准曲线相比,可大体确定未知样品赤霉素的浓度。

【思考题】

1. 用生物鉴定法能否测定植物粗提取液中的植物激素含量？为什么？

2. 如果需要用植物激素处理以生产“无根豆芽”，你将选择哪一种激素或生长调节剂？为什么？

3. 分别采用普通水稻和矮生水稻种子作为实验材料，比较和分析实验结果。

实验35 赤霉素对α-淀粉酶的诱导形成

赤霉素(GA)诱导大麦种子糊粉层α-淀粉酶合成的生化机制研究比较全面，基本符合GA的其他反应，有启发意义。通过本实验可深入了解GA在种子萌发过程中的调控作用及掌握测定α-淀粉酶活性的一种简便方法。

【实验原理】

淀粉性种子在萌动过程中，胚释放出来的赤霉素能诱导糊粉层细胞中α-淀粉酶基因的表达，引起α-淀粉酶生物合成，并分泌到胚乳中催化淀粉水解为糖。通过碘试法比色测定淀粉在酶催化反应过程中的消耗量，可以定量分析α-淀粉酶的活力。

【仪器与用具】

分光光度计，恒温箱，水浴锅，移液管，烧杯，试管，青霉素小瓶，镊子，刀片。

【试 剂】

1%次氯酸钠溶液，0.1%淀粉溶液，2×10^{-5}mol/L、2×10^{-6}mol/L、2×10^{-7}mol/L、2×10^{-8}mol/L赤霉素溶液，10^{-3}mol/L醋酸缓冲液，I-KI溶液。

【材 料】

大麦、小麦种子。

【方法与步骤】

(1)选取大小一致、健壮的大麦种子50粒，用刀片将每粒种子横切成两半，使成无胚的半粒和有胚的半粒，分别置于新配制的1%次氯酸钠溶液中，消毒15min，取出用无菌水冲洗数次，备用。

(2)取小瓶6只编好号码，分别加入各种溶液和材料，于25℃下培养24h(最好进行振荡培养，如无条件，则必须经常摇动小瓶)。

(3)淀粉酶活性分析：从每个小瓶中吸取培养液0.1ml，分别置于事先盛有1.9ml淀粉磷酸盐的溶液中，摇匀，在30℃温箱或水浴中精确保温10min，然后加I-KI溶液2ml，蒸馏水5ml，充分摇匀，于波长580nm下测定吸光度，以蒸馏水为空白校正仪器零点。读数后从标准曲线查得淀粉含量，以被分解的淀粉量作为淀粉酶的活性。

(4)以不同淀粉浓度(0 ~ 7μg/L)或淀粉量(0 ~ 100μg)及其吸光度绘制标准曲线。

(5)结果计算

①第 1 瓶为淀粉的原始量(X)。

②第 2 ~ 6 瓶分别为反应后淀粉的剩余量(Y)。

③淀粉水解(%)= $\frac{X-Y}{X} \times 100$

【思考题】

1. 试述种子萌发过程中赤霉素起什么作用?

2. 试比较各号瓶内被分解的淀粉量，分析不同浓度的赤霉素对 α－淀粉酶形成的诱导作用。

实验 36 细胞分裂素的生物鉴定

细胞分裂素能促进细胞的分裂，而不同浓度的细胞分裂素促进细胞分裂的程度不同，在一定的浓度范围内，植物组织的质量增加与细胞分裂素的浓度存在着线性关系。本实验学习并掌握萝卜子叶测定的方法来测定细胞分裂素的含量。

【实验原理】

细胞分裂素有促进萝卜子叶增大（鲜质量增加）的效应。可先做出细胞分裂素浓度与子叶质量增加的关系曲线，再以待测样品进行对比试验，就可鉴定样品中细胞分裂素的浓度。

【仪器与用具】

光照培养箱，培养皿，圆形滤纸，搪瓷盘（带盖），镊子，电子天平，剪刀等。

【试　剂】

漂白粉适量，5mg/L 激动素或 6-BA 溶液。

【材　料】

萝卜种子。

【方法与步骤】

（1）种子萌发　取均匀一致的萝卜种子 200 粒，用饱和漂白粉溶液消毒 20min 并洗净，摆放在垫有滤纸并用蒸馏水湿润过的带盖搪瓷盘中，25℃黑暗条件下催芽。约 30h 后，即萌发而展开一大一小两片子叶。从每个幼苗上切下较小的一片子叶，注意子叶上不能残留下胚轴。选择大小一致的子叶 50 片供试验用。

（2）子叶培养　取直径 9cm 的培养皿 5 套，编号，并在各培养皿垫一张与皿底大小相同的滤纸，从①号至⑤号培养皿分别加 5.0mg/L、0.5mg/L、0.05mg/L、0.005mg/L 的激动素或 6-BA 水溶液和蒸馏水各 3ml。溶液稀释方法同 IAA（见实验 31），在各个培养皿的滤纸上放 10 片子叶，盖好皿盖，并把培养皿放在垫有湿润滤纸的搪瓷盘上，用玻璃板将盘子盖好，以维持高湿度，在 25℃光照培养箱中培养 3d，用分析天平称每个子叶鲜质量，求其平均数。

（3）以每一处理的子叶平均质量为纵坐标，激动素或 6-BA 浓度的对数为横坐标,绘出两者的关系曲线。用同样方法以未知样品溶液培养萝卜子叶,与标准曲线比较,即能大致确定未知样品细胞分裂素的含量。

【思考题】

1. 萝卜子叶作细胞分裂素的生物鉴定时,为什么要清除它的下胚轴?
2. 采用不同品种的萝卜种子作为材料进行实验,比较和分析实验结果。

实验37 酶联免疫吸附检测法（ELISA）测定植物激素含量

在研究植物生命活动过程中，常常需要准确了解某一激素的含量以及各激素间的比例。因此，植物内源激素的提取分离和测定是植物生理学实验技术中极其重要的内容。本实验介绍酶联免疫吸附检测法测定植物激素含量的原理和方法。

【实验原理】

植物激素（plant hormone）免疫定量主要有放射免疫分析（RIA）和酶联吸附免疫分析（ELISA），由于前者操作上欠安全等原因，目前常采用后一种类型。在ELISA中，抗原抗体反应的检测依靠酶标记物来实现，常用的酶有辣根过氧化物酶和碱性磷酸酯酶。酶可直接标记激素分子，称为酶标植物激素，也可标记于第二抗体（识别抗激素抗体Fc片段的抗体或金黄色葡萄球菌A蛋白），称为酶标二抗。这两类标记物分别用于固相抗体型和固相抗原型ELISA。

①固相抗体型ELISA：将抗激素的单克隆抗体（MAb）与已吸附于固相载体上的兔抗鼠Ig抗体（RAMIG）结合，然后加入激素标准品或待测样品，使其与固相化的MAb结合，再加入辣根过氧化物酶（HRP）标记激素（酶标激素）。通过测定酶标激素的被结合量，可换算出未知样品中激素的数量。

②固相抗原型ELISA：将"激素－蛋白"复合物（该蛋白质应不同于免疫原中的载体蛋白）包被于固相载体，加入待测激素（样品或标准品）和抗IAA多克隆抗体（PAb）反应，进行竞争反应。然后让HRP标记羊抗兔Ig抗体（HRP-GARIG）与结合在固相上的PAb反应，通过测定与固相结合的酶量，换算出未知样品中激素的含量。

【仪器与用具】

酶联免疫检测仪，高速冷冻离心机，恒温箱，连续进样器，涡旋仪，96孔微孔板，离心管，研钵或匀浆器，试管。

【试 剂】

洗涤缓冲液：0.01mol/L pH7.4磷酸缓冲液（PBS），含0.05%Tween-20。

RAMIG溶液或"激素－蛋白"复合物。

0.1%封闭蛋白（该蛋白应不同于免疫原中的载体蛋白）。

抗激素 MAb 或 PAb。

激素标准品母液及参比系列溶液(按双倍或四倍系列稀释)。

HRP 标记激素或 HRP-GARIG。

邻苯二胺(OPD)基质液:5mg OPD 溶于 12.5ml 0.01mol/L pH5.0 PBS,用前加入 30% H_2O_2 12.5μl。

【材　料】

高等植物、真菌、藻类等组织或器官。

【方法与步骤】

一、固相抗体型ELISA

(1)用方阵法滴定选择各反应物最适工作浓度。

(2)将 100μl RAMIG 溶液包被聚苯乙烯反应板微孔,4℃湿盒,12h。

(3)弃去孔内溶液,用洗涤缓冲液洗涤 3 次,甩干。

(4)加入 100μl 抗激素 MAb 溶液,37℃ 70min。

(5)弃去孔内溶液,用洗涤缓冲液洗涤 3 次,甩干。

(6)各孔内依次加入 50μl 待测样液,每个样品 3 次重复,15 ~ 20℃,20min。

(7)加入 50μl HRP 标记激素,37℃,60min。

(8)弃去孔内溶液,用洗涤缓冲液洗涤 3 次,甩干。

(9)加入 100μl OPD 基质液,37℃显色 15 ~ 20min,加入 50μl3mol/LH_2SO_4 中止反应。用酶联免疫检测仪测定 490nm 下各孔的 A_{490} 值,求出每份样品重复孔的平均值。

(10)用激素标准母液和参比系列溶液,在同一微孔板上同上法操作。

二、固相抗原型 ELISA

(1)用主阵法滴定选择各反应物最适工作浓度。

(2)将 100μl“激素 - 蛋白”复合物溶液包被于微孔板,37℃,12h。

(3)弃去孔内溶液,用洗涤缓冲液洗涤 3 次,甩干。

(4)加入 100μl0.1%封闭蛋白溶液封闭,37℃,30min。

(5)弃去孔内溶液,用洗涤缓冲液洗涤 3 次,甩干。

(6)各孔同时加入 50μl 样液和 50μl 抗激素 PAb 溶液,以加入正常兔血清溶液的孔(非特异吸附孔)为空白调零,37℃,60min。

(7)弃去孔内溶液,用洗涤缓冲液洗涤 3 次,甩干。

(8)加入 100μlHRP-GARIG 溶液,37℃,60min。

(9)弃去孔内溶液,用洗涤缓冲液洗涤 3 次,甩干。

(10)随后的显色、终止与比色程序同上。

(11)用激素标准参比系列溶液,在同一微孔板上同上法操作。

三、结果计算

1. 固相抗体型 ELISA

(1)以加入激素母液的的孔(非特异吸附孔)为空白调零,以加入不含激素的PBS的孔为 B_0 孔,以加入激素标准参考系列溶液的各孔为 B_i 孔。以标准激素摩尔数的常用对数 log[激素]为横坐标(X),对应的 $\ln[B_i/(B_o-B_i)]$ 为纵坐标(Y),可得一条 **Y=a+bX** 直线。

(2)将样品孔的 A_{490} 值代入上式,换算出待测样品中激素摩尔数量,乘以稀释倍数,除以样品质量,即为每克样品的激素含量。

2. 固相抗原型 ELISA

以加入不含激素的磷酸缓冲液的孔为 B_o 孔,以加入激素标准参考系列溶液的各孔为 B_i 孔。标准曲线计算与结果分析同上。

【思考题】

1. 本实验操作过程中需要注意些什么?

2. 植物激素的 ELISA 定量测定方法与其他检测植物激素的方法相比有什么优点?

实验 38 气相色谱法测定乙烯含量

乙烯(ethylene)是植物内源激素之一,以气体形式存在。准确测定乙烯释放量,对认识乙烯在植物抗逆生理、发育生理中的作用有着重要意义。

【实验原理】

气相色谱具有灵敏度高,稳定性好等优点。色谱仪中的分离系统包括固定相和流动相。由于固定相和流动相对各种物质的吸附或溶解能力不同,因此各种物质的分配系数(或吸附能力)不一样。当含混合物的待测样(含乙烯的混合气)进入固定相以后,不断通以流动相(通常为 N_2 或 H_2),待测物不断地再分配,最后,依照分配系数大小顺序依次被分离,并进入检测系统得到检测。检测信号的大小反映出物质含量的多少,在记录仪上就呈现色谱图。要使待测物得到充分的分离,就需要一种合适的固定相。乙烯往往与乙炔、乙烷难以分离,而采用 GD × 502 作为固定相则可有比较满意的效果。

【仪器与用具】

密封装置为带空心橡皮塞的三角瓶或真空干燥器,气相色谱仪。

【试 剂】

标准乙烯。

【材 料】

苹果、梨或蕃茄果实。

【方法与步骤】

一、材料处理

将试验材料进行不同的处理(如离体、伤害、黑暗、辐射、冷藏、催熟等),然后置于密封装置中若干时间。

二、启动色谱仪

启动步骤如下:

(1)检测仪器各部件是否复位,若没有,需复位。

(2)打开流动相(N_2),将压力调至($5kg/cm^2$)。然后打开仪器上的 N_2 阀,将流速调至25m/min。

(3)插上电源,打开仪器上电源开关。

(4)调节柱温至60℃,将进样口温度调至100℃(乙烯为气体,进样口温度不需太高)。

(5)打开点火装置电源及空气压缩机开关,调节适当的量程和衰减(关机时,量程应打至1,衰减为∞)。

(6)打开钢瓶氢气阀,调压力为1.0kg/cm^2,同时将空气压力调至0.5kg/cm^2。打开记录仪电源,并选择10mV的输出电压和适当的走纸速度(10nm/min)。

(7)点火:空气和氢气调好后,将选择键打到ON位置。按点火键10s左右,氢气即可在燃烧室燃烧,在点火并点着时,可以看到记录笔向上移动。

(8)条件选择:将选择键打到2,并将空气压力调至1.0kg/cm^2,氢气调至0.5~0.7kg/cm^{2}之间。待基线稳定后即可正式测定。

三、测　定

(1)取一定浓度(以N_2作为稀释剂)、一定量(100~1000μl)的标准乙烯进样,并注意出峰时间,待乙烯峰至顶端时即为乙烯的保留时间。重复3~4次,得到平均值,该平均值即作为样品中乙烯定性的依据之一。

(2)取同样量的待测样品,注入色谱柱(进样)。待样品峰全部出完后,即可做下一个样品。

(3)定性:①外标法定性:样品中与标准乙烯保留时间相同的峰,即为样品乙烯峰;②内标法定性:在得到某一样品的色谱图后,向该样品中加入一定量的标准乙烯进样,若某峰增高,该峰即为样品中乙烯峰。

四、关　机

待得到所有样品色谱图后,可关机,关机步骤:(1)关掉氢气总阀或氮气总阀;(2)关掉空气压缩机;(3)将量程或衰减复位,选择键打到OFF;(4)关掉记录仪;(5)待H_2、N_2全部排完后,将所有阀复位;(6)关主机电源,并拔下插头。

五、结果计算

$$\text{样品中乙烯浓度}(\mu l/L)=\frac{A_x}{A_s}\times C_s$$

$$\text{样品乙烯生成速率}[\mu l/(g\cdot h)]=\frac{\text{样品乙烯浓度}\times V}{W\times t}$$

式中:A_x为样品峰高;A_s为标准乙烯峰高;C_s为标准乙烯浓度(μl/L);V为容积体积(L);t为密封时间(h);W为样品质量(g)。

【思考题】

1. 试根据实验结果简述乙烯的生理作用。
2. 气相色谱法测定乙烯含量过程中应注意些什么?

实验 39　植物生长调节剂对植物插条生根的影响

扦插是用植物的部分茎、根或叶，插植在排水良好的土壤或基质中，长出不定根或不定芽，进而长出一新植株。扦插是植物繁殖的一条重要途径，它具有简便、快速及保持优良品种个体特性的优点，因此在农业、林业等领域广泛应用。

【实验原理】

用植物生长调节剂（生长素类、生长延缓剂等）处理插条，可以促进细胞恢复分裂能力，诱导根原基发生，促进不定根的生长；容易生根的植物经处理后，发根提早，成活率提高；对木本植物进行插条处理，提高生根率。移栽的幼苗被生长调节剂处理后，移栽的成活率提高，根深苗壮。本实验通过测定植物生长的重要生理指标——根的活力和过氧化物酶活性，以了解生长调节剂促进不定根发生的作用。

【仪器与用具】

电子天平，烘箱，分光光度计。

【试　剂】

1000mg/L 吲哚丁酸溶液（称取 100mg 吲哚丁酸，加 90%酒精 0.2ml 溶解，用蒸馏水定容至 100ml），1000mg/L 多效唑溶液（称取 2g 5%多效唑原粉，加水定容至 100ml），其他植物生长调节剂。

【材　料】

各种植物材料。

【实验设计】

（1）考虑选用生长素类、多效唑（或脱落酸、细胞分裂素类、乙烯、油菜素内酯、水杨酸）等植物生长调节剂，通过改变各施用药剂浓度的大小、处理插条的时间与处理方法，证实不同种类的植物生长调节剂对植物插条生根的影响。

（2）选用各种植物材料（注意考虑材料的年龄、取材部位），用植物生长调节剂处理,以了解其促进插条生根的作用与插条的种类及生理的关系。

(3)用生长调节剂处理的植物插条,在不同的培养条件下(光照、温度、湿度、培养基质等),观察生根的情况。

(4)研究在上述条件下,不定根发生过程中根系活力、根过氧化物酶活性的变化,以认识生长调节剂的作用原因。

【方法与步骤】

(1)按照设计,配制植物生长调节剂溶液(一般为500mg/L或1000mg/L)然后稀释成3~5个浓度,如100mg/L、200mg/L、300mg/L。

(2)从室外取非洲菊或其他植物材料,注意插枝的生理状态(如果植物材料是灌木,需注意取材的枝条部位)。从茎顶端或枝条上端向下10~15㎝处剪去植株地下部分,去除花,保留1~2片叶片(如果叶片面积较大,可以保留半片叶)。

(3)将插枝基部2~3㎝浸泡在植物生长调节剂溶液中,以相同体积水浸泡插条为对照。记录浸泡时间,然后换水。

(4)将插条放置在阳台或走廊的弱光通风处培养(室温为20~35℃),培养期间注意加水至原来的高度。

(5)插条用水培养10~20d后,统计其基部不定根发生的数目、每个插条的生根数目、生根的范围。然后用刀片切下不定根,在电子天平上称其鲜质量。然后将不定根放置培养皿内,于烘箱60~80℃烘2h,取出,冷却后称质量,再继续烘干,直到质量不发生变化。

(6)取不定根,进行根系活力测定(方法见实验11)。

(7)根部过氧化物酶活性的测定(方法见实验51)。

(8)用表格表示植物生长调节剂对植物插条生根数、根长度、生根面积、根系活力和过氧化物酶活性的影响。

【思考题】

如果要了解吲哚乙酸酸和多效唑混配后对植物插条不定根发生的影响,如何设计实验?

实验 40 植物生长调节剂对果实发育的影响

随着科学技术的发展，各种人工合成的植物生长调节剂已越来越多地应用于农业生产，对作物生长发育起到了有效的调节与控制作用，可在一定程度上提高作物品质。

【实验原理】

植物生长调节剂 2,4-D、萘乙酸(NAA)以及赤霉素(GA_3)等在适当的浓度下能诱导无子果实形成。适当浓度的乙烯利(2- 氯乙基膦酸)能促进果实成熟。乙烯利是一种人工合成的植物激素，它在植物细胞液的 pH 条件下，缓慢分解放出乙烯，具有与乙烯相同的生理效应。

【仪器与用具】

塑料盆，量筒，移液管，容量瓶，烧杯，标签，天平，称量纸，滴管，角匙。

【试 剂】

20mg/L 2,4-D：用少许 1mmol/L NaOH 溶解 2,4-D，再用蒸馏水定容。500mg/L NAA：用热水或少量 95%乙醇溶解 NAA，再用蒸馏水定容。100mg/L GA_3，40%乙烯利。

【材 料】

田栽番茄、辣椒、西瓜幼苗，采收后的香蕉、柿子、番茄等。

【方法与步骤】

一、无子果实的诱导形成

1. 2,4-D 诱导无子果实

在番茄开花授粉前用 2~3 滴 20mg/L 2,4-D 溶液涂在花上，以蒸馏水处理作对照。

2. NAA 诱导无子果实

①在辣椒开花初期，用 2~3 滴 500mg/L NAA 溶液滴在花朵上(或喷花)，以蒸馏水处理作对照。

②在西瓜花期，用 1%NAA 羊毛脂(或用 500mg/L NAA 溶液)涂雌花，并以

不加 NAA 的羊毛脂处理作对照。果实成熟时,检查是否有子。

3. GA_3 诱导无子果实

在葡萄开花前 10d,用 2~3 滴 100mg/L GA_3 溶液涂在花芽上,以蒸馏水处理作对照。果实成熟时,检查到否有子。

二、乙烯利对果实的催熟作用

(1) 将采收后的香蕉(或柿子、蕃茄等)用 200mg/L、500mg/L 乙烯利溶液泡 1min,以蒸馏水浸泡作对照,取出果实分别放在箩筐或纸箱内,室温保存。

(2)5~10d 之内,观察结果,比较果皮的颜色和果实的成熟度。

【思考题】

1. 以不同浓度的各种生长调节剂进行实验,列表或作图分析实验结果。
2. 试比较乙烯利的催熟作用与处理浓度的关系。

实验 41 植物生长调节剂诱导黄瓜性别转化的作用

植物的性别特点表现为多样性和易变性。大多数植物形成具有雄蕾和雌蕾的两性花，有的则形成单性花、雌雄同株异花或雌雄异株。而性别的决定与外界环境条件及人类的控制有着密切的关系。植物生长物质对植物性别的分化有显著的作用。

【实验原理】

适当浓度的赤霉素和乙烯（C_2H_4）能诱导植物的性别分化。人工合成的植物生长调节剂乙烯利，化学名为 2- 氯乙基膦酸，在 pH 高于 4.1 时，进行分解产生乙烯。适当浓度的乙烯利能诱导黄瓜雌花的形成，而适当浓度的 GA_3 能诱导黄瓜雄花的形成。

【仪器与用具】

烧杯，移液管，量筒，棉花，滴管，喷壶，标签。

【试 剂】

100 ~ 200mg/L 乙烯利，300 ~ 1500mg/L 赤霉素（GA_3）。

【材 料】

大田或盆栽黄瓜幼苗。

【方法与步骤】

（1）当大田或盆栽黄瓜幼苗长出 2~3 片真叶时，于晴天下午 4 时左右进行实验。

（2）用镊子夹住小棉花团，浸入 100 ~ 200mg/L 乙烯利溶液中，将吸有乙烯利的小棉花团放在幼苗的生长点上，对照用吸有蒸馏水的棉花团，使幼苗吸收（或以乙烯利溶液喷洒黄瓜幼苗，喷洒蒸馏水为对照），挂上标签。并在幼苗旁插一根竹竿，让苗攀援。

（3）用镊子夹住小棉花团，浸入 300 ~ 1500mg/L 赤霉素溶液中，将吸有赤霉素的小棉花团同样放在幼苗的生长点上，对照用吸有蒸馏水的棉花团处理（或以赤霉素溶液喷洒黄瓜幼苗，喷洒蒸馏水为对照），挂上标签。并在幼苗旁插一根竹竿，让苗攀援。

（4）连续观察4~6周，记录开花日期、开花节位、花朵性别、结瓜数目等。

【思考题】

1. 比较不浓度乙烯利和赤霉素对黄瓜植株开花性别分化的诱导作用。
2. 在黄瓜幼苗发育的不同阶段施加生长调节剂，对花性别分化的效果一样吗？

实验 42　种子生命力的快速测定

Ⅰ.氯化三苯基四氮唑(TTC)法

种子成熟采收后,由于贮藏的条件不合适,往往会使种子的品质变劣,影响种子的发芽。以下几种方法,能快速测定种子的正常生理代谢功能是否受到损害,胚是否存活,以了解种子是否还具有发芽的潜力。

【实验原理】

凡有生命力的种子胚部在呼吸作用过程中都有氧化还原反应,而无生命力的种胚则无此反应。当氯化三苯基四氮唑(TTC)溶液渗入种胚的活细胞内,并作为氢受体被脱氢辅酶(NADH 或 NADPH)还原时,可产生红色的三苯甲腙(TTF),胚便染成红色。当种胚生命力下降时,呼吸作用明显减弱,脱氢酶的活性亦大大下降,胚的颜色变化不明显,故可由染色的程度推知种子的生活力强弱。TTC 还原反应如下:

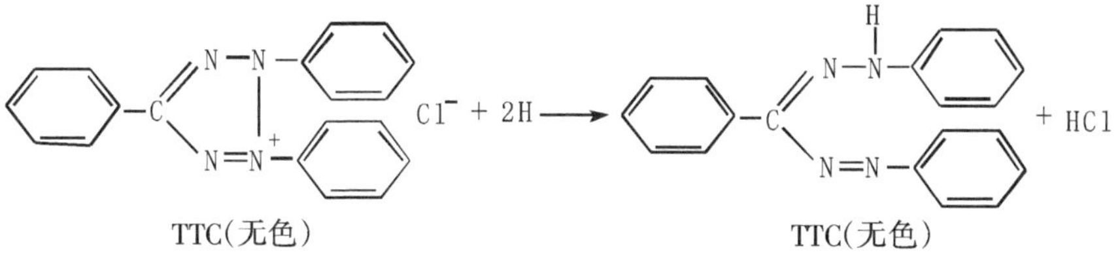

【仪器与用具】

培养皿,镊子,单面刀片,垫板(切种子用),烧杯,棕色试剂瓶,解剖针,搪瓷盘,pH 试纸等。

【试　剂】

TTC 溶液的配制:取 1g TTC 溶于 1L 蒸馏水中,配制成 0.1%的 TTC 溶液。溶液 pH 应在 6.5 ~ 7.5,以 pH 试纸试之(如不易溶解,可先加少量酒精,使其溶解后再加水)。

【材　料】

玉米、小麦等作物的种子。

【方法与步骤】

(1)将玉米、小麦等作物的新种子、死种子(将种子用沸水煮5min即成),用温水(30℃)浸泡2~6h,使种子充分吸胀。

(2)随机取种子2份,每份50粒,沿种胚中央准确切开,取每粒种子的一半备用。

(3)把切好的种子分别放在培养皿中,加TTC溶液,以浸没种子为度。

(4) 放入30~35℃的恒温箱内保温30min, 也可在20℃左右的室温下放置40~60min。

(5)保温后,倾出药液,用自来水冲洗2~3次,立即观察种胚着色情况,凡种胚全部或大部分被染成红色的即为具有生命力的种子。种胚不被染色的为死种子。如果种胚中非关键部位(如子叶部分)被染色,而胚根或胚芽的尖端不染色都属于不能正常发芽的种子。

Ⅱ.染料染色法

【实验原理】

有生命力的种子胚细胞的原生质具有半透性, 有选择吸收外界物质的能力, 一般染料不能进入细胞内,胚部不染色。而丧失生命力的种子,其胚部细胞原生质膜丧失了选择吸收的能力,染料可自由进入细胞内使胚部染色,所以可根据种子胚部是否染色来判断种子的生命力。

【仪器与用具】

与TTC法相同。

【试　剂】

5%红墨水或者0.02%~0.2%靛红溶液。

【材　料】

玉米、小麦等作物的种子。

【方法与步骤】

(1)先将待测种子用水浸泡3~4h,待充分吸胀后取出一部分种子,在沸水中煮沸3~5min,作为死种子。

(2)取浸好的新种子、死种子各50粒,如为小麦和玉米,则用单面刀片沿胚部中线纵切成两半,其中一半用于测定。

（3）将备好的种子分别放在培养皿内，加入红墨水（或靛红）溶液，以浸没种子为度。

（4）染色 10～20min（温度高时时间可短些，染色时间不能太长）后倾出溶液，用自来水反复冲洗种子，直到所染颜色不再洗出为止。

（5）对比观察冲洗后的新种子、死种子胚部着色情况。凡胚部不着色或略带浅红色者，即具有生命力的种子，若胚部染成与胚乳相同的红色，则为死种子。

Ⅲ. 溴麝香草酚蓝法（BTB 法）

【实验原理】

凡活细胞必有呼吸作用，吸收空气中的 O_2，放出 CO_2，CO_2 溶于水成为 H_2CO_3。H_2CO_3 解离成 H^+ 和 HCO_3^-，使得种胚周围环境的酸度增加。用溴麝香草酚蓝法（BTB 法）来测定酸度的改变。BTB 的变色范围 pH6.0～7.6，酸性呈黄色，碱性呈蓝色，中间经过绿色（变色点为 pH7.1）。色泽差异显著，易于观察。

【仪器与用具】

恒温箱，天平，培养皿，烧杯，镊子，漏斗，滤纸。

【试　剂】

0.1%BTB 溶液：称取 BTB 0.1g，溶解于煮沸过的自来水中（因配制指示剂的水应为微碱性，使溶液呈蓝色或蓝绿色，而蒸馏水为微酸性不宜用），然后用滤纸滤去残渣。滤液若呈黄色，可加数滴稀氨水，使之变为蓝色或蓝绿色。此液可长期贮于棕色瓶中。

1%BTB 琼脂凝胶：取 0.1%BTB 溶液 100ml 置于烧杯中，另将 1g 琼脂剪碎后加入，用小火加热并不断搅拌。待琼脂完全溶解后，趁热倒入数个干洁的培养皿中，使成一均匀的薄层，冷却后备用。

【材　料】

玉米、小麦等作物的种子。

【方法与步骤】

（1）浸种。同 TTC 法。

（2）显色。取吸胀的种子 50 粒整齐地埋于准备好的琼脂凝胶培养皿中（种子平放，种子间隔距离至少 1cm）。然后将培养皿置于 30～35℃下培养 2～3h 后，在蓝色背景下观察；如种胚附近呈现较深黄色晕圈是活种子，否则是死种子。

用沸水杀死的种子作同样处理,进行对比观察。

(3)计数种胚附近出现黄色晕圈的种子数,算出活种子百分率。

【思考题】

1. 试验结果与实际发芽情况是否相符?为什么?
2. 试比较 TTC 法、BTB 法、染色法测定的结果是否相同,为什么?
3. TTC 法快速测定种子生命力的理论根据是什么?在实验操作中注意些什么?

实验 43　谷物种子萌发时淀粉酶活力的测定

几乎所有植物中都存在淀粉酶,尤其是萌发的禾谷类种子,淀粉酶活性最强。主要是 α -淀粉酶和 β -淀粉酶。种子萌发时,淀粉酶活性随萌发时间迅速增加,将淀粉分解成小分子糖类,供幼苗生长。α -淀粉酶随机水解淀粉的 α -1,4-糖苷键,作为淀粉分解的起始酶而起主要作用,其水解产物为麦芽糖、麦芽三糖、糊精等还原糖;β -淀粉酶水解非还原端的第 2 个 α -1,4-糖苷键,水解产物为麦芽糖,并能使一部分糊精糖化。本实验以萌发种子为材料,测定其中 α -淀粉酶和 β -淀粉活性的差异。

【实验原理】

两种淀粉酶具有不同理化特性,α -淀粉酶不耐酸, 在 pH3.6 以下迅速钝化;β -淀酶不耐热,在 70℃下 15min 则被钝化。据此,在测定时钝化其中之一,就可以测定出另一种酶的活力,本实验采用加热钝化 β -淀粉酶测出 α -淀粉酶活力,再与非钝化条件下测得的总淀粉酶活力比较, 求出 β -淀粉酶活力。淀粉的水解产物麦芽糖及其它还原糖能与 3,5-二硝基水杨酸试剂反应, 使其还原生成红色 3-氨基-5-硝基水杨酸。在一定范围内, 其颜色深浅与淀粉酶水解产物的浓度成正比,可用麦芽糖(或葡萄糖)浓度表示,用比色法测定淀粉生成的还原糖的量,以单位质量样品在一定时间内生成的麦芽糖的量表示酶活力。

【仪器与用具】

分光光度计,离心机,恒温水浴,研钵,具塞刻度试管,刻度吸管,容量瓶。

【试　剂】

麦芽糖标准液(1mg/ml):称取 100mg 麦芽糖,用蒸馏水溶解并定容至 100ml。

DNS 试剂(3,5- 二硝基水杨酸):精确称取 3,5- 二硝基水杨酸 1g,溶于 20ml 12mol/L NaOH 溶液中,加入 50ml 蒸馏水,再加入 30g 酒石酸钾钠,待溶解后用蒸馏水定容至 100ml。盖紧瓶塞,勿使 CO_2 进入,若溶液混浊可过滤后使用。

0.1mol/LpH5.6 的柠檬酸缓冲液:

A 液(0.1mol/L 柠檬酸)——称取分析纯柠檬酸 21.01g,用蒸馏水溶解并定容至 1L。

B液(0.1mol/L柠檬酸钠)——称取柠檬酸钠29.41g用蒸馏水溶解并定容至1L。

取A液55ml与B液145ml混匀，即为0.1mol/L pH5.6的柠檬酸缓冲液。

1%淀粉溶液：称取1g淀粉溶于100ml 0.1mol/L pH5.6的柠檬酸缓冲液中。

【材 料】

小麦等作物的种子。

【方法与步骤】

一、酶液提取

称取25℃下萌发3~4d的小麦种子1.0g(芽长1.0~1.5cm)，置研钵中，加少量石英砂和2ml蒸馏水，研磨成匀浆后转入离心管中，用7ml蒸馏水分次将残渣洗入离心管，提取液在室温下放置提取15~20min，每隔数分钟搅动1次，使其充分提取。然后在3000r/min转速下离心10min，将上清液倒入50ml容量瓶中，加蒸馏水定容至刻度，摇匀，即为淀粉酶原液。吸取上述淀粉酶原液5ml，放入50ml容量瓶中，用蒸馏水定容至刻度摇匀，即为淀粉酶稀释液。

二、麦芽糖标准曲线制作

取7支干净的具塞刻度试管，编号，按表43-1加入试剂。

表43-1 制作麦芽糖标准曲线配方表

试 剂	管 号						
	1	2	3	4	5	6	7
麦芽糖标准液(ml)	0	0.2	0.4	0.8	1.2	1.6	2.0
蒸馏水(ml)	2.0	1.8	1.6	1.2	0.8	0.4	0
麦芽糖含量(mg)	0	0.2	0.4	0.8	1.2	1.6	2.0
3,5-二硝基水杨酸(ml)	2	2	2	2	2	2	2

摇匀，置沸水浴中煮沸5min。取出后流水冷却，加蒸馏水定容至20ml。以1号管作为空白调零点，在540nm波长下比色测定。以麦芽糖含量为横坐标，吸光度为纵坐标，绘制标准曲线。

三、酶活力的测定

取6支干净的具塞刻度试管，编号，按表43-2进行操作。

摇匀，置沸水浴中5min，取出后冷却，加蒸馏水至20ml。摇匀，在540nm波长下比色，记录测定结果。

四、结果计算

用Ⅰ-2、Ⅰ-3吸光度平均值与Ⅰ-1吸光度值之差，在标准曲线上查出相应的麦芽糖含量(mg)，再按下式计算α-淀粉酶的活力(A_α)，淀粉酶活性以$mg \cdot g^{-1} \cdot min^{-1}$表示：

$$A_\alpha=\frac{C_\alpha V_T}{W\times t\times V_1}$$

Ⅱ-2、Ⅱ-3 吸光度平均值与Ⅱ-1 吸光度值之差，在标准曲线上查出相应的麦芽糖含量（mg），按下式计算（$\alpha+\beta$）- 淀粉酶总活力 A_T：

$$A_T=\frac{C_T\times V_T}{W\times t\times V_1}$$

式中：A——淀粉酶活性，A_α 为 α-淀粉酶的活性，A_T 为淀粉酶总活性，主要是 α、β 淀粉酶的活性；C_α——α-淀粉酶水解淀粉生成的麦芽糖量（查标准曲线求值，以下同）；C_T——（$\alpha+\beta$）淀粉酶共同水解淀粉生成的麦芽糖量；V_1——显色所用酶液体积（ml）；t——酶作用时间（min）；V_T——样液稀释液总体积（α-淀粉酶为 50ml，$\alpha+\beta$ 淀粉酶为 500ml）；W——样品鲜质量（g）。

表 43-2　酶活力的测定配方表

操作项目	管号					
	Ⅰ-1	Ⅰ-2	Ⅰ-3	Ⅱ-1	Ⅱ-2	Ⅱ-3
淀粉酶原液（ml）	1.0	1.0	1.0	0	0	0
钝化 β-淀粉酶	置 70℃水浴中 15min，取出后在流水中冷却					
淀粉酶稀释液（ml）	0	0	0	1	1	1
DNS 试剂（ml）	2.0	0	0	2.0	0	0
预保温	40℃恒温水浴中保温 10min					
1%淀粉溶液（ml）（40℃）	1.0	1.0	1.0	1.0	1.0	1.0
保温	40℃恒温水浴中准确保温 5min					
DNS 试剂（ml）	0	2.0	2.0	0	2.0	2.0

【思考题】

1. 萌发种子和干种子 α-淀粉酶和 β-淀粉酶活力有何差异？这种变化有何生物学意义？

2. 实验中设置对照的意义何在？

3. α-淀粉酶和 β-淀粉酶性质有何不同？作用特点有何不同？

实验44 植物激素对愈伤组织形成和分化的影响

在植物组织培养中，原已分化的外植体（根、茎、叶、花、果实、种子、花粉等）细胞，又能重新进行分裂生长，形成没有组织结构的细胞团，即愈伤组织，这个过程称为脱分化。愈伤组织经过继代培养后又可分化形成根和芽，称为再分化。植物激素在“再分化”中起重要作用。

【实验原理】

愈伤组织分化根和芽受培养基中生长素和细胞分裂素的相对浓度的影响。生长素/细胞分裂素比值高时，促进根的分化；比值低时，则促进芽的分化；两种激素比值适中时，则愈伤组织生长占优势或不分化。这样，通过改变两种激素的相对浓度即可有效地调节愈伤组织再分化的进程。

【仪器与用具】

超净工作台，高压灭菌锅，手术刀，长柄镊子，三角瓶，容量瓶，吸量管，培养皿，下口杯，烧杯，酒精灯，牛皮纸，白线绳，培养室。

【试 剂】

75%乙醇，1%次氯酸钠，1mol/L HCl，琼脂，6-苄基腺嘌呤，萘乙酸，MS培养基中各种化合物（配方见表18）。

【材 料】

菊花花蕾。

【方法与步骤】

一、配制培养基

1. 10倍的大量元素母液

按MS培养基配方，先配制各母液（表44-1）。

表44-1 10倍的大量元素母液配置表

无机盐	NH_4NO_3	KNO_3	$CaCl_2 \cdot 2H_2O$	$MgSO_4 \cdot 7H_2O$	KH_2PO_4
质量(g)	16.5	19	4.4	3.7	1.7

用蒸馏水溶解并定容至 1000ml。

2. 100 倍的微量元素母液

按表 44-2 配置，用蒸馏水溶解并定容至 1000ml。

表 44-2 100 倍的微量元素母液配置表

无机盐	质量(mg)
KI	83
H_3BO_4	620
$MnSO_4·4H_2O$	2230
$ZnSO_4·7H_2O$	860
$Na_2MoO_4·2H_2O$	25
$CuSO_4·5H_2O$	2.5
$CoCl_2·6H_2O$	2.5

3. 200 倍的铁盐母液

称 EDTA-Na_2 3.37g、$FeSO_4·7H_2O$2.78g，用蒸馏水溶解并定容至 500ml。

4. 有机成分

(1)20mg/ml 的肌醇溶液：称取 2g 肌醇，用蒸馏水溶解后定容至 100ml。

(2)0.5mg/ml 的烟酸溶液：称取 12.5mg 的烟酸，用蒸馏水溶解后定容至 25ml。

(3)1mg/ml 的甘氨酸溶液：称取 25mg 甘氨酸，用蒸馏水溶解后定容至 25ml。

(4)0.5mg/ml 的盐酸吡哆醇(维生素 B_6)：称取 12.5mg 盐酸吡哆醇，用蒸馏水溶解后定容至 25ml。

(5)0.1mg/ml 的盐酸硫胺素(维生素 B_1)：称取 10mg 盐酸硫胺素，用蒸馏水溶解后定容至 100ml。

5. 植物激素

(1)0.1mg/ml 的萘乙酸溶液：称取 10mg NAA，用少量 95% 乙醇溶解后，用蒸馏水定容至 100ml。

(2)1mg/ml 6- 苄基腺嘌呤：称取 50mg 6-BA，用少量 1mol/L 的 HCl 溶解后，用蒸馏水定容至 50ml。

将各种元素的母液混合，配制成 MS 培养基，其中 1L 体积中所含各种元素的母液含量如表 44-3。

表 44-3 1L MS 培养基中各种元素的母液含量

大量元素母液	100ml	微量元素母液	10ml
铁盐母液	5ml	肌醇母液	5ml
甘氨酸母液	2ml	烟酸母液	1ml
盐酸吡哆醇母液	1ml	蔗糖	30g
盐酸硫胺素母液	1ml	琼脂	9g

再按表 44-4 分别加入 NAA 和 6-BA 母液。

表 44-4 培养基 1~4 加入 NAA、6-BA 配置表

培养基	1	2	3	4
NAA 母液	0.1ml	0.2ml	0.1ml	0
6-BA 母液	3ml	3ml	0	3ml

先在三角烧杯(或不锈钢锅)中加入 600ml 蒸馏水及所需的琼脂和糖,在水浴锅里将琼脂溶化,如果直接加热应不停地搅拌,防止在瓶底(或锅底)烧焦或沸腾溢出。再将溶解的琼脂糖溶液倒入盛有上述各种物质母液的下口杯中,混匀,用 1mol/L NaOH 或 1mol/L HCl 调 pH 至 5.8,用蒸馏水定容至 1L。将培养基分注到三角瓶或试管中,按容器的大小和培养要求放入适量的培养基。分装时注意不要把培养基沾附到瓶口或管口附近的内壁上,以免培养过程中发生污染。分装中还要不时搅动下口杯中的培养基,否则先后分装的各瓶培养基凝固能力不同。盖上棉塞,用牛皮纸包扎好后,放入高压灭菌锅,120kPa 下灭菌 15min,冷却后备用。

二、材料的灭菌与接种

取开花前 2 ~ 3d 已露白的菊花花蕾,先用自来水冲洗花蕾,然后在 75% 乙醇中浸泡 15s,后用无菌水冲洗 2 次,再用 1% 次氯酸钠溶液浸泡 15min,并不时轻轻搅动。用无菌水清洗 3 次,再转入放有滤纸而又无菌的培养皿中,用剪刀剪取舌状花,用解剖刀切取舌状花的 5mm 大小的小块,一个 100ml 的三角瓶中放 6 ~ 8 个小块。接种后放到培养室中培养。培养室内的温度为 25 ± 2℃,日光灯每天照明 12h,光照强度约 2000lx。

三、结果观察和记录

接种后注意观察记录外植体上愈伤组织和根芽出现的时间和数量,加以分析比较。

【思考题】

1. 植物激素与愈伤组织形成和器官分化有何关系?
2. 在组织培养过程中应注意些什么?

实验 45 花粉活力的测定

在作物杂交育种、作物结实机理和花粉生理的研究中，常涉及花粉活力的鉴定。掌握花粉活力快速测定的方法，是进行雄性不育株的选育、杂交技术的改良以及揭示内外因素对花粉育性和结实率影响的基础。

Ⅰ. 花粉萌发测定法

【实验原理】

正常的成熟花粉粒具有较强的活力，在适宜的培养条件下便能萌发和生长，在显微镜下可直接观察计算其萌发率，以确定其活力。

【仪器与用具】

载玻片，显微镜，玻棒，恒温箱，培养皿，滤纸。

【试　剂】

培养基：称 10g 蔗糖、1mg 硼酸、0.5g 琼脂与 90ml 水放入烧杯中，在 100℃水浴中熔化，冷却后加水至 100ml 备用。

【材　料】

丝瓜、南瓜刚开放或将要开放的成熟花朵。

【方法与步骤】

(1)将培养基熔化后，用玻棒蘸少许，涂布在载玻片上，放入垫有湿润试纸的培养皿中，保湿备用。

(2)采集丝瓜、南瓜或其他葫芦科植物刚开放或将要开放的成熟花朵，将花粉洒落在涂有培养基的载玻片上，然后将载玻片放置于垫有湿滤纸的培养皿中，在 25℃左右的恒温箱(或室温 20℃条件下)中孵育，5~10min 后在显微镜下检查 5 个视野，统计其萌发率。

Ⅱ. 碘－碘化钾(I–KI)染色测定法

【实验原理】

多数植物正常的成熟花粉粒呈球形，积累较多的淀粉，I–KI 溶液可将其染成蓝色。发育不良的花粉常呈畸形，往往不含淀粉或积累淀粉较少，I–KI 溶液染色呈黄褐色。因此，可用 I–KI 溶液染色来测定花粉活力。

【仪器与用具】

显微镜，载玻片与盖玻片，镊子，棕色试剂瓶，烧杯，量筒，天平。

【试　剂】

I–KI 溶液：取 2gKI 溶于 5～10ml 蒸馏水中，加入 1g I，待完全溶解后，蒸馏水定容至 200ml。贮于棕色瓶中备用。

【材　料】

水稻、小麦或玉米的成熟花药。

【方法与步骤】

采集水稻、小麦或玉米可育和不育植株的成熟花药，取一花药于载玻片上，加 1 滴蒸馏水，用镊子将花药捣碎，使花粉粒释放，再加 1～2 滴 I–KI 溶液，盖上盖玻片，在显微镜下观察。

凡是被染成蓝色的为含有淀粉的活力较强的花粉粒，呈黄褐色的为发育不良的花粉粒。观察 2～3 张片子，每片取 5 个视野，统计花粉的染色率，以染色率表示花粉的育性。

Ⅲ、氯化三苯基四氮唑法(TTC 法)

【实验原理】

具有活力的花粉呼吸作用较强，可将无色的 TTC(2,3,5- 氯化三苯基四氮唑)还原成红色的 TTF(三苯甲腙)而使其本身着色，无活力的花粉呼吸作用较弱，TTC 的颜色变化不明显，故可根据花粉吸收 TTC 后的颜色变化判断花粉的生活力。

【仪器与用具】

显微镜，载玻片与盖玻片，镊子，恒温箱，棕色试剂瓶，烧杯，量筒，天平。

【试　剂】

0.5%TTC 溶液：称取 0.5gTTC 放入烧杯中，加入少许 95%酒精使其溶解，然后用蒸馏水稀释至 100ml。溶液避光保存，若发红时，则不能再用。

【材　料】

植物花粉。

【方法与步骤】

采集任何植物的花粉，取少许放在干洁的载玻片上，加 1~2 滴 0.5%TTC 溶液，搅匀后盖上盖玻片，置 35℃恒温箱中，10~15min 后置于低倍显微镜下观察，凡被染为红色的花粉活力强，淡红次之，无色者为没有活力或不育花粉。观察 2~3 张片子，每片取 5 个视野，统计花粉的染色率，以染色率表示花粉的活力百分率。

【思考题】

1. 上述每一种方法是否适合于所有植物花粉活力的测定？
2. 比较上述 3 种方法，哪一种方法更能准确反映花粉的活力？

实验 46 植物春化和光周期现象的观察

在自然条件下，花诱导是受外界条件的严格影响的，这些外界条件作为信号触发植物体细胞内的某些花诱导所必需的生理变化。春化作用（低温诱导植物开花的过程）和光周期（在一天之中，白天和黑夜的相对长度）在成花诱导方面扮演着重要的角色。

Ⅰ、植物春化现象的观察

【实验原理】

冬性作物（如冬小麦）在其生长发育过程中，必须经过一段时间的低温，生长锥才能开始分化。因此可以用检查生长锥分化（以及对植株拔节、抽穗的观察）来确定是否已通过春化。这在生产和科研中有一定的应用价值。

【仪器与用具】

冰箱，解剖镜，镊子，解剖针，载玻片，培养皿。

【材 料】

冬小麦种子。

【方法与步骤】

（1）选取一定数量的冬小麦种子（最好用强冬性品种），分别于播种前 50d、40d、30d、20d 和 10d 吸水萌动，置培养皿内，放在 0～5℃的冰箱中进行春化处理。

（2）于春季（约在 3 月下旬或 4 月上旬）从冰箱中取出经不同天数处理的小麦种子和未经低温处理但使其萌动的种子，同时播种于花盆或实验地中。

（3）麦苗生长期间，各处理进行同样肥水管理，随时观察植株生长情况。当春化处理天数最多的麦苗出现拔节时，在各处理中分别取一株麦苗，用解剖针剥出生长锥，并将其切下，放在载玻片上，加 1 滴水，然后在解剖镜下观察，并作简图。比较不同处理的生长锥有何区别。

（4）继续观察植株生长情况，直到处理天数最多的麦株开花时。将观察情况记入表 46-1。

表 46-1 植株生长情况记载表

品种名称： 春化温度： 播种时间：

观察日期	春化天数及植株生育情况记载					
	50d	40d	30d	20d	10d	对照(未春化)

【思考题】

1. 春化处理天数多与天数少的冬小麦抽穗时间有无差别？为什么？
2. 春化现象的研究在农业生产中有何意义？试举例说明。

Ⅱ. 植物光周期现象的观察

【实验原理】

许多植物需经过一定的光周期才能开花。已知暗期的长短是决定能否开花的关键，而叶片是感受光周期效应的器官。在一定的光周期条件下，叶内形成某些特殊的代谢产物，传递到生长点，导致生长点形成花芽。本实验以短日植物为材料，在自然光照条件下，给以短日照、间断白昼、间断黑夜等处理，以了解昼夜光暗交替及其长度对短日植物开花结实的影响。

【仪器与用具】

黑罩(外面白色)或暗箱、暗柜、暗室，日光灯或红色灯泡(60 ~ 100 瓦)，光源定时开关自动控制装置。

【材　料】

生长良好的大豆、水稻、菊花、苍耳等短日植物。

【方法与步骤】

将大豆、水稻、菊花、苍耳等短日植物栽培在长日条件下(每天日照时数在 18h 以上)，当大豆幼苗长出第一片复叶，或苍耳、水稻幼苗长出 5~6 片叶（夜温在 18~20℃以上）后，即按下述方法(表 46-2)给以不同处理，一般情况下连续处理 10d 后即可完成，苍耳只须 1~2d 即可。

经上述处理后记下各处理大豆、苍耳现蕾期或水稻始穗期，也可参照本实验 I 剥离生长锥的方法观察花器官发育进程，并与对照作比较。

表 46-2 昼夜光暗交替与长度处理方法

处 理	光周期	开花 / 不开花
短日照	每日照光 8h(早上 8 时至下午 4 时)	
间断白昼	每日中午 11 时半至下午 2 时半移入暗处(或用黑罩布)间断白昼 3h	
间断黑夜	在短日照处理基础上,夜晚 12 时至凌晨 1 时照光 1h,以间断黑夜	
对 照	以自然光照条件为对照	

【思考题】

1. 幼苗经不同处理后,花期有的较对照提前,有的与对照相当,应如何解释?
2. 按植物对光周期的要求,可把植物分为哪几大类?
3. 根据植物光周期现象的原理,在引种工作中应注意哪些问题?

实验 47 电导仪法测定植物组织逆境程度

植物细胞膜对维持细胞的微环境和正常的代谢起着重要作用。在正常情况下，细胞膜对物质具有选择透性、植物细胞与外界环境之间发生的一切物质交换都须经过质膜。

【实验原理】

植物组织受到逆境伤害时，由于膜的功能受损或结构破坏，致使其透性增大，细胞内各种水溶性物质将有不同程度的外渗，将植物组织浸入无离子水中，水的电导率将因电解质的外渗而加大，伤害愈重，外渗愈多，电导率的增加也愈大。故可用电导仪测定外液的电导率增加值而得知伤害程度。

【仪器与用具】

电导率仪，真空泵（附真空干燥器），恒温水浴，水浴试管架，具塞刻度试管，打孔器（或双面刀片），移液管（或定量加液器），试管架，铝锅，电炉，镊子，剪刀，搪瓷盘，记号笔，滤纸，塑料纱网（约 $3cm^2$）。

【材 料】

小麦、女贞叶片。

【方法与步骤】

一、容器的洗涤

电导仪法对水和容器的洁净度要求严格，水的电导值要求为 1~2μS（微西门子）；所用容器必须彻底清洗，再用去离子水冲净，倒置于洗净而垫有洁净滤纸的搪瓷盘中备用。

二、试验材料的处理

分别在正常生长和逆境胁迫的植株上取同一叶位的功能叶若干片。若没有逆境胁迫的植株，可取正常生长的叶片若干片，分成 3 份，用纱布擦净表面灰尘。将其中 1 份放在 -20℃左右的温度下冷冻 0.5 ~ 1h，1 份置于 40℃左右的恒温箱中处理 0.5 ~ 1h。另 1 份裹入潮湿的纱布中放置在室温下作对照。

三、测　定

(1)将处理组叶片与对照组叶片用去离子水冲洗2次,再用洁净滤纸吸净表面水分。用6~8mm的打孔器避开主脉打取叶圆片（或剪切成大小一致的叶块），每组打取叶圆片30片,装入洁净的刻度试管中。

(2)在装有叶片的各管中加入20ml的去离子水,然后将试管放入真空干燥箱中用真空泵抽气72gmin（也可直接将叶圆片放入注射器内，吸取20ml的去离子水,堵住注射器口进行抽气)以抽出细胞间隙的空气,当缓缓放入空气时,水即渗入细胞间隙,叶片沉入水下。

(3)将以上试管置于室温下静置0.5h,其间要多次摇动试管,或者将试管放在振荡器上振荡0.5h。

(4)0.5h后将各试管充分摇匀,用电导仪测溶液初电导率(S_1)。

(5)测毕,将各试管盖塞封口,置沸水浴中15min,以杀死植物组织。取出试管后用自来水冷却至室温,并在室温下平衡10min,摇匀,测其终电导率(S_2)。

四、计　算

按下式计算相对电导率:

$$相对电导率(L)=\frac{S_1}{S_2}$$

相对电导率的大小表示细胞膜受伤害的程度。由于室温对照也有少量电解质外渗,故可按下式计算由于低温或高温胁迫而产生的外渗,称为伤害率。

$$伤害率(\%)=\frac{L_t-L_{CK}}{1-L_{CK}}\times 100$$

式中:Lt——处理叶片的相对电导率;L_{CK}——对照叶片的相对电导率。

在电导率测定中一般应用去离子水,若制备困难可用普通蒸馏水代替,但需要设一空白试管(蒸馏水作空白),测定样品时同时测定空白电导率,按下式计算相对电导率:

$$相对电导率(L)=\frac{S_1-空白电导率}{S_2-空白电导率}$$

【注意事项】

(1)CO_2在水中的溶解度较高，测定电导时要防止高CO_2气源和口中呼出的CO_2进入试管,以免影响结果的准确性。

(2)温度对溶液的电导率影响很大,故S_1和S_2必须在相同温度下测定。

(3)各处理和对照的待测液的体积要一样,测定后电极要清理干净。

【思考题】

1. 测定电解质外渗量时，为何要对材料进行真空渗入？测定过程中为何进行振荡？

2. 植物抗逆性与细胞膜透性有何关系？

实验48 植物体内脯氨酸含量的测定

植物在正常条件下,体内脯氨酸含量很低,但遇到干旱、低温、盐碱等逆境时,脯氨酸便会大量积累,并且积累指数与植物的抗逆性有关。因此,脯氨酸可作为植物抗逆性的一项生化指标。

【实验原理】

采用磺基水杨酸提取植物体内的游离脯氨酸,不仅大大减小了其他氨基酸的干扰,快速简便,而且不受样品状态(干样或鲜样)限制。在酸性条件下,脯氨酸与茚三酮反应生成稳定的红色缩合物,用甲苯萃取后,此缩合物在波长520nm处有一最大吸收峰。脯氨酸浓度的高低在一定范围内与其吸光度成正比。

【仪器与用具】

分光光度计,水浴锅,漏斗,大试管,具塞刻度试管,注射器、移液管等。

【试 剂】

3%磺基水杨酸水溶液,甲苯。

2.5%酸性茚三酮溶液:冰乙酸和6mol/L磷酸以3:2混合,作为溶剂进行配制,此液在4℃下2~3日有效。

脯氨酸标准溶液:称取25mg脯氨酸,蒸馏水溶解后定容至250ml,其浓度为100μg/ml。再取此液10ml用蒸馏水稀释至100ml,即成10μg/ml的脯氨酸标准液。

【材 料】

小麦、水稻、玉米、大豆等植物叶片。

【方法与步骤】

一、标准曲线制作

(1)取7支具塞刻度试管按表48-1加入各试剂,混匀后加玻璃球塞,在沸水中加热40min。

(2)取出冷却后向各管加入5ml甲苯,充分振荡,以萃取红色物质。静置待分层后吸取甲苯层,以"0"管为对照,在波长520nm下比色。

(3)以吸光度为纵坐标,脯氨酸含量为横坐标,绘制标准曲线,求线性回归方程。

表 48-1 各试管中试剂加入量

管号	0	1	2	3	4	5	6
标准脯氨酸量(ml)	0	0.2	0.4	0.8	1.2	1.6	2.0
H_2O(ml)	2	1.8	1.6	1.2	0.8	0.4	0
冰醋酸(ml)	2	2	2	2	2	2	2
茚三酮液(ml)	3	3	3	3	3	3	3
脯氨酸含量(μg)	0	2	4	8	12	16	20

二、样品测定

1. 脯氨酸的提取

取不同处理的剪碎混匀叶片 0.2~0.5g(干样根据水分含量酌减),分别置于大试管中,加入 5ml 3%磺基水杨酸溶液,管口加盖玻璃球,于沸水浴中浸提 10min。

2. 比 色

取出试管待冷却至室温后,吸取上清液 2ml,加 2ml 冰醋酸和 3ml 茚三酮溶液,于沸水浴中加热 40min,下一步操作按标准曲线制做方法进行甲苯萃取和比色。

3. 结果计算

从标准曲线中查出测定液中脯氨酸浓度,按下式计算样品中脯氨酸的含量。

$$脯氨酸(\mu g/g)=\frac{C\times V}{W}$$

式中:C——提取液中脯氨酸浓度(μg/ml),由标准曲线求得;V——提取液总体积(ml);W——样品质量(g)。

【思考题】

1. 测定植物体内脯氨酸含量有何意义?
2. 试比较胁迫与胁迫后再复水,小麦幼苗中脯氨酸含量的变化。

实验49 植物组织中超氧物歧化酶活力的测定

超氧物歧化酶(SOD)普遍存在于植物体内,是一种清除超氧阴离子自由基($O_2^{\overline{\bullet}}$)的酶,它催化下列反应:

$$O_2^{\cdot} + 2H^{+} \xrightarrow{SOD} H_2O_2 + O_2$$

$$2H_2O_2 \xrightarrow{CAT} 2H_2O + O_2$$

反应产物 H_2O_2 可被过氧化氢酶进一步分解或被过氧化物酶利用。因此 SOD 有保护生物体免受活性氧伤害的能力。已知此酶活力与植物抗逆性及衰老有密切关系,故成为植物逆境生理学的重要研究对象。

【实验原理】

本实验依据超氧物歧化酶抑制氮蓝四唑(NBT)在光下的还原作用来确定酶活性大小。在有氧化物质存在下,核黄素可被光还原,被还原的核黄素在有氧条件下极易再氧化而产生 $O_2^{\overline{\bullet}}$, $O_2^{\overline{\bullet}}$可将氮蓝四唑还原为蓝色的甲腙。后者在 560nm 处有最大吸收,而 SOD 可清除 $O_2^{\overline{\bullet}}$,从而抑制了甲腙的形成。于是光还原反应后,反应液蓝色愈深,说明酶活性愈低,反之酶活性愈高。一个酶活性单位定义为将 NBT 的还原抑制到对照一半(50%)时所需的酶量,据此可以计算出酶活性大小。

【材 料】

待测植物叶片。

【仪器与用具】

高速台式离心机,分光光度计,微量进样器,荧光灯(反应试管处光照强度为 4000lx),试管,黑色硬纸套等。

【试 剂】

0.05mol/L磷酸缓冲液(pH7.8);提取介质 50mmol/ LpH7.8 磷酸缓冲液(内含 1%聚乙烯吡咯烷酮)。

130mmol/L 蛋氨酸(Met)溶液:称取 1.9399g Met 用磷酸缓冲液定容至 100ml。

750μmol/L 氮蓝四唑(NBT)溶液:称取 0.06133g NBT 用磷酸缓冲液定容至

100ml 避光保存。

100μmol/L EDTA-Na_2 溶液：称取 0.03721g EDTA-Na_2，用磷酸缓冲液定容至 1000ml。

20μmol/L 核黄素溶液：取 0.00753g 核黄素定容至 1000ml，避光保存。

【方法与步骤】

一、酶液提取

取一定部位的植物叶片（去叶脉）0.5g 于预冷的研钵中，加 1ml 磷酸缓冲液在冰浴下研磨匀浆，加缓冲液使终体积为 5ml。取 1.5～2ml 于 4000r/min 下离心 10min，上清液即为 SOD 粗提液。

二、显色反应

取 5ml 指形管（要求透明度好）7 支，3 支为样品测定管，3 支为对照管，另外 1 支作为空白，按表 49-1 加入各溶液。

混匀后将空白管置于暗处，其它各管于 4000lx 日光灯下反应 20min（要求各管受光情况一致，反应室的温度高时时间可适当缩短，温度低时时间可适当延长）。

表 49-1　各溶液加入量

试剂（酶）	用量（ml）	终浓度（比色时）
0.05mol/L磷酸缓冲液	1.5	
130mmol/L Met 溶液	0.3	13mmol
750μmol/L NBT 溶液	0.3	75μmol
100μmol/L EDTA-Na_2 液	0.3	10μmol
20μmol/L 核黄素	0.3	2.0μmol
酶液	0.05	空白和对照管加缓冲液代替酶液
蒸馏水	0.25	
总体积	3.0	

三、SOD 活性测定与计算

至反应结束后，以不照光的作空白，分别测定其它各管 560nm 波长下的吸光度，已知 SOD 活性单位以抑制 NBT 光化还原的 50%为一个酶活性单位（U）表示。按下式计算 SOD 活性：

$$\text{SOD 总活性} = \frac{(A_0 - A_S) \times V_T}{A_0 \times 0.5 \times W \times V_1}$$

$$\text{SOD 比活力} = \frac{\text{SOD 总活性}}{\text{蛋白质含量}}$$

式中：SOD 总活性以每克鲜质量的酶单位表示（U/g）；比活力单位以酶单位 /mg 蛋白表示；A_0——照光对照管的吸光度；A_S——样品管的吸光度；V_T——样品液总体积（ml）；V_1——测定时样品用量（ml）；W——样品鲜质量（g）；蛋白质含量（mg）

用考马斯亮蓝法测定(略)。

【思考题】

1. 在 SOD 测定中为什么设照光对照管和暗中空白管?
2. 影响本实验准确性的主要因素是什么?应如何克服?

实验 50　植物组织中过氧化氢含量及过氧化氢酶活性测定

植物在逆境下或衰老时，由于体内活性氧代谢加强而使 H_2O_2 发生累积。H_2O_2 可以直接或间接地氧化细胞内核酸、蛋白质等生物大分子，并使细胞膜遭受损害，从而加速细胞的衰老和解体。过氧化氢酶可以清除 H_2O_2，是植物体内重要的酶促防御系统之一。因此，植物组织中 H_2O_2 含量和过氧化氢酶活性与植物的抗逆性密切相关。本实验用分光光度法测定过氧化氢含量，利用高锰酸钾滴定法和紫外吸收法测定过氧化氢酶活性。

Ⅰ. 过氧化氢含量的测定

【实验原理】

H_2O_2 与硫酸钛（或氯化钛）生成过氧化物－钛复合物黄色沉淀，可被 H_2SO_4 溶解后，在 415nm 波长下比色测定。在一定范围内，其颜色深浅与 H_2O_2 浓度呈线性关系。

【仪器和用具】

研钵，移液管，容量瓶，离心管，离心机，分光光度计。

【试　剂】

100μmol/L H_2O_2：取 30%分析纯 $H_2O_2$57μl，溶于 100ml，再稀释 100 倍。2mol/L 硫酸，5%（W/V）硫酸钛，丙酮，浓氨水。

【材　料】

小麦叶片。

【方法与步骤】

一、制作标准曲线

取 10ml 离心管 7 支，顺序编号，并按表 50-1 加入试剂。

表 50-1 测定 H_2O_2 浓度标准曲线配置表

试剂(ml)	离心管号						
	1	2	3	4	5	6	7
100μmol/LH_2O_2	0	0.1	0.2	0.4	0.6	0.8	1.0
4℃下预冷丙酮	1.0	0.9	0.8	0.6	0.4	0.2	0
5%硫酸钛	0.1	0.1	0.1	0.1	0.1	0.1	0.1
浓氨水	0.2	0.2	0.2	0.2	0.2	0.2	0.2
	3000r/min 离心 10min，弃去上清夜，留沉淀						
2mol 硫酸	5.0	5.0	5.0	5.0	5.0	5.0	5.0

待沉淀完全溶解后，将其小心转入 10ml 容量瓶中，并用蒸馏水少量多次冲洗离心管，将洗涤液合并后定容至 10ml 刻度，415nm 波长下比色。

二、样品提取和测定

(1)称取新鲜植物组织 2~5g(视 H_2O_2 含量多少而定)，按材料与提取剂 1:1 的比例加入 4℃下预冷的丙酮和少许石英砂研磨成匀浆后，转入离心管 3000r/min 下离心 10min，弃去残渣，上清液即为样品提取液。

(2)用移液管吸取样品提取液 1ml，按表 50-1 加入 5%硫酸钛和浓氨水，待沉淀形成后 3000rpm/min 离心 10min，弃去上清液。沉淀用丙酮反复洗涤 3~5 次，直到去除植物色素。

(3)向洗涤后的沉淀中加入 2mol 硫酸 5ml，待完全溶解后，用与标准曲线同样的方法定容并比色。

三、结果计算

$$\text{植物组织中 } H_2O_2 \text{ 含量}(\mu mol/g)=\frac{C\times V_t}{W\times V_1}$$

式中：C——标准曲线上查得样品中 H_2O_2 浓度（μmol）；V_t——样品提取液总体积(ml)；V_1——测定时用样品提取液体积(ml)；W——植物组织鲜质量(g)。

Ⅱ. 高锰酸钾滴定法测定过氧化氢酶的活性

【实验原理】

过氧化氢酶(CAT)属于血红蛋白酶，含有铁，它能催化过氧化氢分解为水和分子氧，在此过程中起传递电子的作用，过氧化氢则既是氧化剂又是还原剂。可根据 H_2O_2 的消耗量或 O_2 的生成量测定该酶活力大小。在反应系统中加入一定量(反应过量)的 H_2O_2 溶液，经酶促反应后，用标准高锰酸钾溶液(在酸性条件下)滴定多余的 H_2O_2。即可求出消耗的 H_2O_2 的量。

$$5H_2O_2+2KMnO_4+4H_2SO_4 \rightarrow 5O_2+2KHSO_4+8H_2O+2MnSO_4$$

【仪器与用具】

研钵,三角瓶,酸式滴定管,恒温水浴,容量瓶。

【试 剂】

10%H_2SO_4,0.2mol/L 磷酸缓冲液 pH7.8。

0.1mol/L 高锰酸钾标准液:称取 $KMnO_4$(AR)3.1605g,用新煮沸冷却蒸馏水配制成 1000ml,用 0.1mol/L 草酸溶液标定。

0.1mol/LH_2O_2:市售 30%H_2O_2 大约等于 17.6mol/L,取 30%H_2O_2 溶液 5.68ml,稀释至 1000ml,用标准 0.1mol/$KMnO_4$ 溶液(在酸性条件下)进行标定。

0.1mol/L 草酸:称取优级纯 $H_2C_2O_4\cdot 2H_2O$12.607g,用蒸馏水溶解后,定容至 1L。

【材 料】

小麦叶片。

【方法与步骤】

一、酶液提取

取小麦叶片 2.5g 加入 pH7.8 的磷酸缓冲溶液少量,研磨成匀浆,转移至 25ml 容量瓶中,用该缓冲液冲洗研钵,并将冲洗液转入容量瓶中,用同一缓冲液定容,4000r/min 离心 15min,上清液即为过氧化氢酶的粗提液。

二、酸液处理

取 50ml 三角瓶 4 个(两个测定,另两个为对照),测定瓶中加入酶液 2.5ml,对照瓶中加入煮死酶液 2.5ml,再加入 2.5ml 0.1mol/L H_2O_2,同时计时,于 30℃恒温水浴中保温 10min,立即加入 10% $H_2SO_4$2.5ml。

三、滴 定

用 0.1mol/L $KMnO_4$ 标准溶液滴定 H_2O_2,至出现粉红色(在 30s 内不消失)为终点。

四、结果计算

酶活性用每克鲜质量样品 1min 内分解 H_2O_2 的毫克数表示:

$$\text{酶活性}[mg/(g\cdot min)]=\frac{(A-B)\times V_T\times 1.7}{W\times V_1\times t}$$

式中:A——对照 $KMnO_4$ 滴定毫升数;B——酶反应后 $KMnO_4$ 滴定毫升数;V_T——提取酶液总量(ml);V_1——反应所用酶液量(ml);W——样品鲜质量(g);t 为反应时间(min);1.7——1ml 0.1mol/L 的 $KMnO_4$ 相当于 1.7mg H_2O_2。

Ⅲ. 紫外吸收法测定过氧化氢酶的活性

【实验原理】

H_2O_2 在 240nm 波长下有强烈吸收，过氧化氢酶能分解过氧化氢，使反应溶液吸光度(A_{240})随反应时间而降低。根据测量吸光度的变化速度即可测出过氧化氢酶的活性。

【仪器与用具】

紫外分光光度计，离心机，研钵，容量瓶，刻度吸管，试管，恒温水浴锅。

【试　剂】

0.2mol/L pH7.8 磷酸缓冲液（内含 1%聚乙烯吡咯烷酮），0.1mol/L H_2O_2（用 0.1mol/L 高锰酸钾标定）。

【材　料】

小麦叶片等。

【方法与步骤】

一、酶液提取

称取新鲜小麦叶片 0.5g 置研钵中，加入 2 ~ 3ml 4℃下预冷的 pH7.0 磷酸缓冲液和少量石英砂研磨成匀浆后，转入 25ml 容量瓶中，并用缓冲液冲洗研钵数次，合并冲洗液，并定容至刻度。混合均匀将容量瓶置 5℃冰箱中静置 10min，取上部澄清液在 4000r/min 下离心 15min，上清液即为过氧化氢酶粗提液。5℃下保存备用。

二、酶活性测定

取 10ml 试管 3 支，其中 2 支为样品测定管，1 支为空白管，按表 50–2 顺序加入试剂。

表 50–2　紫外吸收法测定 H_2O_2 样品液配置表

管号	S0	S1	S2
粗酶液(ml)	0.2	0.2	0.2
pH7.8 磷酸缓冲液(ml)	1.5	1.5	1.5
蒸馏水(ml)	1.0	1.0	1.0

25℃预热后，逐管加入 0.3ml0.1mol/L 的 H_2O_2，每加完一管立即记时，并迅速倒入石英比色杯中，240nm 下测定吸光度，每隔 1min 读数 1 次，共测 4min，待 3 支管

全部测定完后，计算酶活性。

三、结果计算

以 1min 内 A_{240} 减少 0.1 的酶量为 1 个酶活性单位(U)。

$$过氧化氢酶活性[u/(g·min)]=\frac{\triangle A_{240}\times V_T}{0.1\times V_1\times t\times W}$$

$$式中:A_{240}=A_{S0}-\frac{(A_{S1}+A_{S2})}{2}$$

A_{S0}——加入煮死酶液的对照管吸光度；A_{S1}、A_{S2}——样品管吸光度；V_T——粗酶提取液总体积(ml)；V_1——测定时所用粗酶液体积(ml)；W——样品鲜质量(g)；0.1——A_{240} 每下降 0.1 为 1 个酶活单位（U)；t——加过氧化氢开始到最后一次读数时间(min)。

【思考题】

1. 影响过氧化氢酶活性测定的因素有哪些?
2. 过氧化氢酶与哪些生化过程有关?

实验 51 过氧化物酶活性的测定

过氧化物酶与呼吸作用、光合作用及生长素的氧化等都有密切关系，在植物生长发育过程中，它的活性不断发生变化，因此测定此酶可以反映某一时期植物体内代谢的变化。

【实验原理】

过氧化物酶广泛分布于植物的各个组织器官中。在过氧化氢存在下，过氧化物酶能使愈创木酚氧化，生成茶褐色物质，可用分光光度计测量生成物的含量。

【仪 器】

离心机，紫外可见分光光度计，秒表，天平，研钵，磁力搅拌器等。

【试 剂】

愈创木酚，30%过氧化氢，20mmol/L K_2HPO_4，100mmol/L 磷酸缓冲液（pH6.0）。

反应混合液：100mmol/L 磷酸缓冲液（pH6.0）50ml，加入愈创木酚 28μl，于磁力搅拌器上加热搅拌，直至愈创木酚溶解，待溶液冷却后，加入 30%过氧化氢 19μl，混合均匀，保存于冰箱中。

【材 料】

待测植物叶片。

【方法与步骤】

一、粗酶液的提取

取 1.0g 植物叶片剪碎，加入 20mmol/L K_2HPO_4 5ml 进行研磨匀浆，4000r/min 离心 15min，收集上清液保存在冷处，所得残渣再用 5ml K_2HPO_4 溶液提取一次，合并两次上清液作粗酶提取液供测定。

二、酶活性测定

取比色杯 2 只，于一只中加入反应混合液 3ml，K_2HPO_4 1ml，作为校零对照。另一只中加入反应混合液 3ml，上述酶液 1ml（如酶活性过高可适当稀释），立即开启秒表计时，于分光光度计 470nm 波长下测定吸光度，每隔 1min 读数 1 次。以每分钟吸光度变化值表示酶活性大小。

三、计算结果

以每分钟 A_{470} 变化 0.01 为 1 个过氧化物酶活性单位(U)。

$$酶活性[U/(g\cdot min)]=\frac{\triangle A_{470}\times V_T}{W\times V_S\times 0.01\times t}$$

式中：$\triangle A_{470}$ 为反映时间内吸光度的变化；W 为样品鲜质量（g)；t 为反应时间(min)；V_T 为提取酶液总体积(ml)；V_S 为测定时取用酶液体积(ml)。

【思考题】

1. 简述测定过氧化物酶活性的生理意义。
2. 本测定方法有什么需要改进的地方?

实验 52 植物组织中丙二醛含量的测定

植物器官衰老或在逆境下遭受伤害，往往发生膜脂过氧化作用，丙二醛(MDA)是膜脂过氧化的最终分解产物，从膜上产生的位置释放出后，与蛋白质、核酸起反应修饰其特征；使纤维素分子间的桥键松弛，或抑制蛋白质的合成。MDA的积累可能对膜和细胞造成一定的伤害。

【实验原理】

丙二醛(MDA)是常用的膜脂过氧化指标，在酸性和高温条件下，可以与硫代巴比妥酸(TBA)反应生成红棕色的三甲基复合物，其最大吸收波长在532nm。但是测定植物组织中MDA时受多种物质的干扰，其中最主要的是可溶性糖，糖与TBA显色反应产物的最大吸收波长在450nm，532nm处也有吸收。植物遭受干旱、高温、低温等逆境胁迫时可溶性糖增加，因此测定植物组织中MDA-TBA反应物质含量时一定要排除可溶性糖的干扰。低浓度的铁离子能够显著增加TBA与蔗糖或MDA显色反应物在532、450nm处的吸光度，所以在蔗糖、MDA与TBA显色反应中需一定量的铁离子，通常植物组织中铁离子的含量为100～300μg/g，根据植物样品量和提取液的体积，加入Fe^{3+}的终浓度为0.5μmol/L。

据朗伯-比尔定律：$D=kCL$，当液层厚度为1cm时，$k=D/C$，k称为该物质的比吸收系数。当某一溶液中有数种吸光物质时，某一波长下的吸光度等于此混合液在该波长下各显色物质的吸光度之和。

已知蔗糖与TBA显色反应产物在450nm和532nm波长下的比吸收系数分别为85.40和7.40。MDA在450nm波长下无吸收，故该波长的比吸收系数为0，532nm波长下的比吸收系数为155，根据双组分分光度计法建立方程组，求解方程得计算公式：

$$C_1(\text{mmol/L})=11.71A_{450} \qquad (52\text{-}1)$$

$$C_2(\mu\text{mol/L})=6.45(A_{532}-D_{600})-0.56A_{450} \qquad (52\text{-}2)$$

式中：C_1——为可溶性糖的浓度；C_2——为MDA的浓度；A_{450}、A_{532}、A_{600}分别代表450nm、532nm和600nm波长下的吸光度值。

【仪器与用具】

紫外可见分光光度计，离心机，电子天平，离心管，研钵，试管，刻度吸管，剪刀。

【试　剂】

10%三氯乙酸(TCA)。

0.6%硫代巴比妥酸:先加少量的氢氧化钠(1mol/L)溶解,再用 10%的三氯乙酸定容。

受干旱、高温、低温等逆境胁迫的植物叶片或衰老的植物器官。

【材　料】

植物叶片。

【方法与步骤】

一、MDA 的提取

称取剪碎的试材 1g,加入 2ml 10%TCA 和少量石英砂,研磨至匀浆,再加 8ml TCA 进一步研磨,匀浆后 3000r/min 离心 10min,上清液为样品提取液。

二、显色反应和测定

吸取离心的上清液 2ml(对照取 2ml 蒸馏水),加入 2ml 0.6%TBA 溶液,混匀物于沸水浴上反应 15min,迅速冷却后再离心。取上清液测定 532nm、600nm 和 450nm 波长下的吸光度。

三、计算含量

按公式 52-2 可直接求得植物样品提取液中 MDA 的浓度。再根据植物组织的质量计算测定样品中 MDA 的含量:

$$\text{MDA}(\mu\text{mol/g})=\frac{\text{MDA 浓度}(\mu\text{mol/l})\times\text{提取液体积}(\text{ml})}{\text{植物组织鲜质量}(\text{g})}$$

【思考题】

1. 试比较逆境条件下与正常条件下的植物叶片 MDA 含量水平。
2. 哪些因素会影响 MDA 含量测定结果?

附　录

附录 I　计量单位

附表 1　国际单位制的基本单位

量的名称	单位名称	单位符号
长度	米	m
质量	千克(公斤)	kg
时间	秒	s
电流	安(培)	A
热力学温度	开(尔文)	K
物质的量	摩(尔)	mol
发光强度	坎(德拉)	cd

附表 2　用基本单位表示的国际制导出单位

量的名称	单位名称	单位符合
面积	平方米	m^2
体积	立方米	m^3
速度	米每秒	m/s
密度	千克每立方米	kg/m^3
(物质的量)浓度	摩尔每立方分米(升)	mol/dm^3(L)
光亮度	坎德垃每平方米	cd/m^2

附表 3　国家选定的非国际单位制单位

量的名称	单位名称	单位符号	换算关系
时间	分	min	1min=60s
	小时	h	1h=60min=3600s
	日	d	1d=24h=86400s
体积	升	L,(l)	$1L=1dm^3=10^{-3}m^3$

附表 4　国际单位中具有专门名称的导出单位

量的名称	单位名称	单位符号	关系式
频率	赫兹	Hz	
力;重力	牛顿	N	
压力;压强;应力	帕斯卡	Pa	N/m^2
能量;功;热	焦耳	J	N·m
功率;辐射通量	瓦特	W	J/S

续附表 4

量的名称	单位名称	单位符号	关系式
电位;电压;电动势	伏特	V	W/A
电阻	欧姆	Ω	V/A
电导	西门子	S	A/V
光照度	勒克斯	lx	

附表 5 常用国际制词冠

表示的因数	词冠名称	中文代号	国际代号
10^{6}	兆(mega)	兆	M
10^{3}	千(kilo)	千	k
10^{2}	百(hecto)	百	h
10^{1}	十(deca)	十	da
10^{-1}	分(deci)	分	d
10^{-2}	厘(centi)	厘	c
10^{-3}	毫(milli)	毫	m
10^{-6}	微(micro)	微	μ
10^{-9}	纳诺(nano)	纳	n
10^{-12}	皮可(pico)	皮	p
10^{-15}	飞母托(femfo)	飞	f

附表 6 常见非法定计量单位与法定计量单位的换算表

类别	换算
巴(bar)	1bar=105Pa
毫巴(mbar)	1mba=100Pa
毫米汞柱(mmHg)	1mmHg=133.322Pa
卡(cal)	1cal=4.1868J

附表 7 基本常数换算表

名称	常数
气体常数	$R=8.31441J\cdot mol^{-1}K^{-1}$ $=0.0831441L\cdot bar\cdot mol^{-1}K^{-1}$ $=0.082057L\cdot atm\cdot mol^{-1}K^{-1}$ $=83.1441ml\cdot bar\cdot mol^{-1}K^{-1}$ $=82.057ml\cdot atm\cdot mol^{-1}K^{-1}$ $=8314.41L\cdot Pa\cdot mol^{-1}K^{-1}$ $=0.008314L\cdot MPa\cdot mol^{-1}K^{-1}$
标准大气压(atm)	$P_0=1.01325bar=101325Pa$

附录Ⅱ 常用缓冲溶液的配制

一、磷酸缓冲液

母液：

A：0.2 mol/LNa_2HPO_4溶液：$Na_2HPO_4 \cdot 2H_2O$35.61g 或 $Na_2HPO_4 \cdot 7H_2O$53.65g 或 $Na_2HPO_4 \cdot 12H_2O$71.64g 用蒸馏水容至 1000ml

B：0.2mol/LNaH_2PO_4溶液。$Na_2HPO_4 \cdot H_2O$27.6g 或 $Na_2HPO_4 \cdot 2H_2O$31.21g 用蒸馏水容至 1000ml

0.1mol 磷酸：1L 缓冲液配法：见附表 8。

附表 8 xmlA+ymlB，稀至 200ml

x	y	pH	x	y	pH
6.5	93.5	5.7	55.0	45.0	6.9
8.0	92.0	5.8	61.0	39.0	7.0
10.0	90.0	5.9	67.0	33.0	7.1
12.3	87.7	6.0	72.0	28.0	7.2
15.0	85.0	6.1	77.0	23.0	7.3
18.5	81.5	6.2	81.0	19.0	7.4
22.5	77.5	6.3	84.0	16.0	7.5
26.5	73.5	6.4	87.0	13.0	7.6
31.5	68.5	6.5	89.5	10.5	7.7
37.5	62.5	6.6	94.2	8.5	7.8
43.5	56.5	6.7	93.0	7.0	7.9
49.0	51.0	6.8	94.7	5.3	8.0

二、醋酸盐缓冲液

母液：

A：0.2mol/L 醋酸液（11.5 ml，稀释至 1000ml）

B：0.2mol/L 醋酸钠溶液（16.4g $C_2H_3O_2Na$ 或 27.2g $C_2H_3O_2Na \cdot 3H_2O$ 溶至 1000ml）

附表 9 x ml A + y ml B，稀释至 100ml

x	y	pH	x	y	pH
46.3	3.7	3.6	20.0	30.0	4.8
44.0	6.0	3.8	14.8	35.2	5.0
41.0	9.0	4.0	10.5	39.5	5.2
36.8	13.2	4.2	8.8	41.2	5.4
30.5	19.5	4.4	4.8	45.2	5.6
25.5	24.5	4.6			

三、柠檬酸－磷酸缓冲液

母液：

A：0.1mol/L 柠檬酸溶液（19.2g 溶至 1000ml）

B：0.2mol/L 磷酸氢二钠溶液（53.65g$Na_2HPO_4\cdot 7H_2O$ 或 71.7g$Na_2HPO_4\cdot 12H_2O$ 溶至 1000ml）

附表 10　xmlA+ymlB，稀释至 100ml

x	y	pH	x	y	pH
44.6	5.4	2.6	24.3	25.7	5.0
42.2	7.8	2.8	23.3	26.7	5.2
39.8	10.2	3.0	22.2	27.8	5.4
37.7	12.3	3.2	21.0	29.0	5.6
35.9	14.1	3.4	19.7	30.3	5.8
33.9	16.1	3.5	17.9	32.1	6.0
32.3	17.7	3.8	16.9	33.1	6.2
30.7	19.3	4.0	15.4	34.6	6.4
29.5	20.6	4.2	13.6	36.4	6.6
27.8	22.2	4.4	9.1	40.9	6.8
26.7	23.3	4.6	6.5	43.6	7.0
25.2	24.8	4.8			

四、甘氨酸－盐酸缓冲液

母液：

A：0.2mol/L 甘氨酸溶液（15.01g 溶至 1000ml）

B：0.2mol/L 盐酸

附表 11　50mlA+xmlB，稀释至 200ml

x	pH	x	pH
5.0	3.6	16.8	2.8
6.4	3.4	24.2	2.6
8.2	3.2	32.4	2.4
11.4	3.0	44.0	2.2

五、甘氨酸－氢氧化钠缓冲液

母液：

A：0.2mol/L 甘氨酸溶液（15.01g 溶至 1000ml）

B：0.2mol/LNaOH 溶液

附表 12　50mlA+xmlB，稀释至 200ml

x	pH	x	pH
4.0	8.6	22.4	9.6
6.0	8.8	27.2	9.8
8.8	9.0	32.0	10.0
12.0	9.2	38.6	10.4
16.8	9.4	45.7	10.6

六、碳酸钠－碳酸氢钠缓冲液

母液：

A：0.1mol/L$NaHCO_3$（8.40g 溶至 1000ml）

B：0.1mol/LNa_2CO_3（28.62g 溶至 1000ml）

0.05mol/L 缓冲液配法：

附表 13　xmlA+ymlB，稀释至 200ml

		pH				pH	
x	y	20℃	37℃	x	y	20℃	37℃
90	10	9.16	8.77	40	60	10.14	9.9
80	20	9.40	9.12	30	70	10.28	10.08
70	30	9.51	9.40	20	80	10.53	10.28
60	40	9.78	9.50	10	90	10.83	10.57
50	50	9.90	9.72				

Ca^{2+}、Mg^{2+}存在时不得使用。

七、柠檬酸－柠檬酸钠缓冲液

母液：

A：0.1mol/L 柠檬酸（21.01g 溶至 1000ml）

B：0.1mol/L 柠檬酸钠（29.41g 溶至 1000ml）

0.1mol/L 缓冲液配法：见附表 14。

附表 14　xmlA+ymlB

x	y	pH	x	y	pH
18.6	1.4	3.0	8.2	11.8	5.0
17.2	2.8	3.2	7.3	12.7	5.2
16.0	4.0	3.4	6.4	13.6	5.4
14.9	5.1	3.6	5.5	14.5	5.6
14.0	6.0	3.8	4.7	15.3	5.8
13.1	6.9	4.0	3.8	16.2	6.0
12.3	7.7	4.2	2.8	17.2	6.2
11.4	8.6	4.4	2.0	18.0	6.4
10.3	9.7	4.6	1.4	18.6	6.6
9.2	10.8	4.8			

八、Tris 缓冲液

母液：

A：0.2mol/L 三羟甲基氨基甲烷（Tris）（24.2g 溶至 1000ml）；

B：0.2mol/LHCl

附表 15　50mlA+xmlB，稀释到 200ml

x（ml）	5.0	8.1	12.2	16.5	21.9	26.8	32.5	38.4	41.4	44.2
pH	9.0	8.8	8.6	8.4	8.2	8.0	7.8	7.6	7.4	7.2

附录Ⅲ　常见植物生长调节物质及其应用

附表 16　常见植物生长调节物质的主要性质

名 称	化学式	分子量	溶解性质
吲哚乙酸（IAA）	$C_{10}H_9O_2N$	175.19	溶于醇、醚、丙酮，在碱性溶液中较稳定，遇热酸后失去活性
吲哚丁酸（IBA）	$C_{12}H_{13}NO_3$	203.24	溶于醇、丙酮、醚，不溶于水、氯仿
α－萘乙酸（NAA）	$C_{12}H_{10}O_2$	186.20	易溶于热水、微溶于冷水，溶于丙酮、醚、乙酸、苯
2，4- 二氯苯氧乙酸（2，4-D）	$C_8H_6C_{12}O_3$	221.04	难溶于水，溶于醇、丙酮、乙醚等有机溶剂
赤霉素（GA_3）	$C_{19}H_{22}O_6$	346.40	难溶于水，不溶石油醚、苯、氯仿而溶于醇类、丙酮、冰醋酸
4- 碘苯氧乙酸（PIPA）（增产灵）	$C_8H_7O_3I$	278.00	微溶于冷水,易溶于热水、乙醇、氯仿、乙醚、苯
对氯苯氧乙酸（PCPA）防落素	$C_8H_7O_3Cl$	186.50	溶于乙醇、丙酮和醋酸等有机溶剂和热水
激动素（KT）	$C_{10}H_9N_5O$	215.21	易溶于稀盐酸、稀氢氧化钠、微溶于冷水、乙醇、甲醇
6－苄基腺嘌呤（6-BA）	$C_{12}H_{11}N_5$	225.25	溶于稀碱稀酸，不溶于乙醇
脱落酸（ABA）	$C_{15}H_{20}O_4$	264.30	溶于碱性溶液如 $NaHCO_3$、三氯甲烷、丙酮、乙醇
2- 氯乙基膦酸（乙烯利）（CEPA）	$ClCH_2PO(OH_2)$	144.50	易溶于水、乙醇、乙醚
2，3，5- 三碘苯甲酸（TIBA）	$C_7H_3O_2I_3$	500.92	微溶于水，可溶于热苯、乙醇、丙酮、乙醚
青鲜素（MH）	$C_4H_4O_2N_2$	112.09	难溶于水,微溶于醇,易溶于冰醋酸、二乙醇胺
缩节胺（助壮素）（Pix）	$C_7H_{16}NCl$	149.50	可溶于水
矮壮素（CCC）	$C_5H_{13}NCl_{12}$	158.07	易溶于水，溶于乙醇、丙酮，不溶于苯、二甲苯、乙醚
B_9	$C_6H_{12}N_2O_3$	160.00	易溶于水、甲醇、丙酮不溶于二甲苯
PP_{333}（多效唑）	$C_{15}H_{20}ClN_{30}$	293.50	易溶于水、甲醇、丙酮
三十烷醇（TAL）	$CH_3(CH_2)28CH_2OH$	438.38	不溶于水，难溶于冷甲醇、乙醇，可溶于热苯、丙酮、乙醇、氯仿

附表 17 植物激素和生长调节剂在农业生产中的应用

作 用	药剂名称	施用对象	方法及效果
促进插枝生根	NAA	黄杨、松、葡萄、梨	500～1000mg·kg^{-1} 粉剂沾根法
	IBA	苹果、李、池柏、桑、	20～200mg·L^{-1} 慢速浸泡法
		茶、甘薯	500～5000mg·L^{-1} 快速浸泡法
促进开花	NAA	菠萝	15～20mg·L^{-1} 从株心灌
	乙烯利	菠萝	400～1000mg·L^{-1} 喷施或灌心
增加雌花	乙烯利	黄瓜、南瓜	100～250mg·L^{-1} 1–4 叶期喷施
增加雄花	GA	黄瓜	50～150mg·L^{-1}2–4 叶期喷施
促进结实	2,4 –D	番茄、茄子	10～30mg·L^{-1} 局部喷施
	GA	杂交水稻不育系	40～80mg·L^{-1} 始穗至齐穗期喷施
		葡萄	10～20mg·L^{-1} 花期喷施
	NAA	西瓜	1000mg·L^{-1} 混入羊毛脂软膏涂抹
	TIBA	大豆	125mg·L^{-1} 花期喷施
疏花蔬果、促进脱落	NAA	鸭梨、苹果	40mg·L^{-1} 局部喷施
	乙烯利	梨	240–480mg·L^{-1} 花期喷施
保花保果、防止脱落		苹果	250mg·L^{-1} 盛花前喷施
	NAA	棉花	10mg·L^{-1} 盛花期喷施
		苹果	40～60mg·L^{-1} 落果初期喷施
	GA	棉花	10～50mg·L^{-1} 盛花期喷施
		葡萄	200mg·L^{-1} 花后 10d 喷施
	B_9	苹果	1000～2000mg·L^{-1} 采果前 60d 喷施
	2,4 –D	柑桔	50～60mg·L^{-1}11–12 月喷施
		番茄	10～25mg·L^{-1} 初花、盛花期浸花朵
		茄子	30mg·L^{-1} 浸花处理
	防落素	茄子	50mg·L^{-1} 喷花
促进营养生长、增加产量	GA	芹菜、苋、芜荽	50～100mg·L^{-1} 采前 10～15d 喷施
		菠菜、莴苣、四季豆	10～30mg·L^{-1} 喷苗
		茶	100mg·L^{-1} 芽叶刚伸展时喷施
		花生	25～100mg·L^{-1} 喷苗
	增产灵	水稻	30mg·L^{-1} 孕穗破口期喷施
		花生	10～20mg·L^{-1} 盛花期喷施
	PP_{333}	早稻	300mg·L^{-1} 秧苗期施
	BR	芹菜、萝卜、番茄、小麦	0.0001～0.01mg·L^{-1} 浸种或苗期喷施
延缓生长、植株矮化增加产量	TIBA	水稻、玉米	150mg·L^{-1} 分枝期喷施
	CCC	大豆	3000mg·L^{-1} 拔节始期喷施
		小麦	20～50mg·L^{-1} 现蕾、初花期喷施
	PP_{333}	棉花	250mg·L^{-1} 分枝至初花期喷施

续附表 17

作 用	药剂名称	施用对象	方法及效果
	烯效唑	大豆	100～150mg·L^{-1} 三叶期喷施
		油菜	50mg·L^{-1} 分蘖期、拔节期喷施
		小麦	
促进果实成熟	乙烯利	香蕉	750～1000mg·L^{-1} 采前喷果
			1000mg·L^{-1} 采后浸果一下
		蕃茄	500～2000mg·L^{-1} 采前喷果
			1000～4000mg·L^{-1} 采后浸果
		柿子	500mg·L^{-1} 采后浸果 0.5～1min
促进橡胶分泌乳汁	乙烯利	橡胶树	8%溶液涂于树干割线下
打破休眠、促进萌发	赤霉素	马铃薯块茎	0.5～1mg·L^{-1} 浸泡 10min
		杏种子	300～800mg·L^{-1} 浸种 1.5h
		人参种子	100mg·L^{-1} 浸泡 24h 沙藏催芽
		党参种子	50mg·L^{-1} 浸种 6h
		莴苣种子	100mg·L^{-1} 浸种 2–4h
		菠菜种子	0.5mg·L^{-1} 浸种 24h
延长休眠、抑制发芽	三十烷醇	洋葱、大蒜	2500mg·L^{-1} 2～3 片叶已枯萎、喷施于中间的青绿色叶面
	青鲜素（MH）	马铃薯块茎、萝卜、芜菁	2000～3000mg·L^{-1} 采收前 2～3 周
			2500～5000mg·L^{-1} 采前 4～14 天喷施
	萘乙酸甲酯（MENA）	马铃薯块茎	1000mg·L^{-1} 粘土粉剂混合贮藏

附录Ⅳ 植物组织培养常用培养基

附表 18 植物组织培养常用培养基的成分（mg/L）

培养基成分	MS	B5	N6	SH	NN	White
$(NH_4)_2SO_4$	–	134	463	–	–	–
NH_4NO_3	1650	–	–	–	720	–
KNO_3	1900	2500	2830	2500	950	80
$Ca(NO_3)_2 \cdot 4H_2O$	–	–	–	–	–	200
$CaCl_2 \cdot 2H_2O$	440	150	166	200	166	–
$MgSO_4 \cdot 7\text{–}H_2O$	370	250	185	400	185	720
KH_2PO_4	170	–	400	–	68	–
$NaH_2PO_4 \cdot H_2O$	–	150	–	–	–	17
$NH_4H_2PO_4$	–	–	–	300	–	–
Na_2SO_4	–	–	–	–	–	200
Na_2–EDTA	37.3	37.3	37.3	15	37.3	–

续附表 18

培养基成分	MS	B5	N6	SH	NN	White
Fe-EDTA	-	-	-	-	-	-
$Fe_2(SO4)_3$	-	-	-	-	-	2.5
$FeSO_4 \cdot 7H_2O$	27.8	27.8	27.8	20	27.8	-
$MnSO_4 \cdot H_2O$	-	-	-	10	-	-
$MnSO_4 \cdot 4H_2O$	22.3	10	4.4	-	25	5.0
$ZnSO_4 \cdot 7H_2O$	8.6	2.0	3.8	1.0	10	3.0
H_3BO_3	6.2	3.0	1.6	5.0	10	1.5
KI	0.83	0.75	0.8	1.0	-	0.75
$Na_2MoO_4 \cdot 2H_2O$	0.25	0.25	-	0.1	0.25	-
MoO_3	-	-	-	-	-	0.001
$CuSO_4 \cdot 5H_2O$	0.025	0.25	-	0.2	0.025	-
$CoCl_2 \cdot 6H_2O$	0.025	0.025	-	0.1	-	-
盐酸硫胺素(VB1)	0.1	10	1.0	5.0	0.5	0.1
烟酸	0.5	1.0	0.5	5.0	5.0	0.3
盐酸吡哆醇(VB6)	0.5	1.0	0.5	5.0	0.5	0.1
肌醇	100	100	-	1,000	100	-
叶酸	-	-	-	-	0.5	-
生物素(VH)	-	-	-	-	0.05	-
甘氨酸	2.0	-	2.0	-	2.0	3.0
蔗糖	30,000	20,000	50,000	30,000	20,000	20,000
琼脂(g)	10	10	10	-	8	10
pH	5.8	5.5	5.8	5.8	5.5	5.6

主要参考文献

张志良，翟伟菁.植物生理学实验指导.第3版.北京：高等教育出版社，2003.

王学奎.植物生理生化实验原理和技术.第2版.北京：高等教育出版社，2006.

侯福林.植物生理学实验教程.北京：科学出版社，2004.

赵世杰，刘华山，董新纯，等.植物生理学实验指导.北京：中国农业科技出版社，1998.

邹琦.植物生理学实验指导.北京：中国农业出版社，2000.

李合生.植物生生化实验原理和技术.北京：高等教育出版社，2000.